AF397234

Rolf Luik

Lähiö: Talvi

© 2025 Rolf Luik

Kannen kuva: Rolf Luik

Kustantaja: BoD · Books on Demand, Mannerheimintie 12 B, 00100 Helsinki, bod@bod.fi
Kirjapaino: Libri Plureos GmbH, Friedensallee 273, 22763 Hampuri, Saksa

ISBN: 978-952-80-9514-9

Sankka, kolikon kokoisten lumihiutaleiden täyttämä sade oli jatkunut läpi yön ja alkoi hiljalleen laantua kohti aamua, jolloin aamun tuoma valo paljasti havupuiden huurtavan puvun. Lumiauran tekemät hanget piirittivät kadunkulmat ja kaduilla kävely tuntui kuin olisi labyrintissa. Hiljaisessa harmaassa lumisateessa saattoi tuntea ripauksen mystiikkaa, jolla on kyky rauhoittaa mielen muuten villisti vaeltava olemus.

Kerrostalojen katoilla näkyi kolaajia. Lähiön katujen puistonpenkit olivat lumen peitossa, vaikka ennen lumentuloa niissä istuttiin hypotermiaan saakka. Baarinpitäjä putsaili oven edustaa polttaen itse käärittyä tupakkaa. Iäkäs rouva kulki rollaattorin avulla kiinni olevalle kirjastolle, jättäen tielle junaraiteita muistuttavan väylän. Iloisia lapsia paukahteli kerrostalojen ulko-ovista pulkat ja liukurit mukanaan.
Kaupan kirkas valomainos oli ainoa valonlähde täällä vuosikausia kestäneellä työttömyyden ja toivottomuuden täyttämässä lähiössä.

Pentti tähyili ulkovaatteet yllään eteisen kelloa, odottaen kaupan aukeamista. Hän ajatteli, että viisi vaille kun lähtisi, niin olisi suunnilleen minuuttia yli avaamisajan kaupassa.

Hänelle alkoi tulla kuuma. Turhan kuuma. Niinpä hän lähti seitsemän minuuttia vaille asunnosta, mutta hidasteli rappukäytävässä. Yhdestä alakerran asunnosta kuului erikoista musiikkia. Kohta hän muisti siinä asuvan kurdin, joka pysytteli lähinnä omissa oloissaan. Pentistä se oli täysin ymmärrettävää, varsinkin tässä lähiössä. Rappukäytävän ulko-oveen oli muodostunut jäinen muodostelma, joka näytti hänestä hyvin kauniilta. Siitä hänelle tuli idea maalata jokin talviaiheinen teos.

Kaupan parkkipaikalla ei ollut kuin muutama auto. Pentti kaivoi taskustaan puhelimen katsoakseen kelloa. Tasan. Kaupan ovet olivat kuitenkin vielä kiinni ja niiden edessä parveili eläkeläisiä odottaen pääsyä sisään. Pentti kiroili mielessään ja hidasti kävelytahtia. Samalla hetkellä kun hänen liike pysähtyi, avautuivat kaupan liukuovet ja eläkeläiset kiihdyttivät jonossa sisään.

Pentti oli käyttänyt valtaosan kuluvan kuukauden rahoistaan alkoholiin ja huumeisiin, joten rahaa ruokaan oli niukasti. *Makkaraa tai makaronilaatikkoa*, hän mietti aikansa ja päätyi lopulta makaronilaatikkoon. Kävellessään alkoholiosaston läpi, hän ikään kuin kuuli näiden surullisen vaativat, epätoivoiset huudahdukset: *Ota meidän mukaan! Haluat kuitenkin! Ota meidät! Ota meidät!*
Hän kuitenkin piti pintansa ja onnistui välttämään kiusauksen ja asteli suoraviivaisesti kassalle. Kassaneiti moikkasi iloisesti, kuten aina. Pentti usein haaveili juttelevansa hänelle, muttei jostain syystä koskaan saanut kerättyä tarpeeksi rohkeutta.

- Moi. Pentti sanoi ujosti.

Pentti katsoi kassaneitiä suoraan silmiin, mutta laski nopeasti katseensa ja laittoi pienelle muoviselle alustalle kolikoita. *Sano jotain,* Pentti kannusti itseään. *Sano! Kysy kuulumisia!*
Pentti yskähti ja otti vaihtorahat. Hän siirsi katseensa uudestaan kassaneitiin, jolla oli katse jo seuraavassa asiakkaassa.

- Moikka! Pentti huudahti kävellessään
uloskäynnille, muttei kuullut mitään takaisin.

Pentti oli vihainen itselleen, muttei se ollut mitään
uutta. Epäonnistumisiin hän oli tottunut, jopa
turtunut, koska ne eivät enää tuntuneet siltä,
miltä niiden kuuluisi normaalisti ihmisestä tuntua.
Niistä oli tullut ikään kuin kevyempiä versioita.
Ajan myötä itsesäälistä oli tullut osa Pentin
minuutta, osa normaalia päivittäistä tunnetta.

Pentti käveli ripeästi takaisin kotiin lumisateen
käyden yhä sankemmaksi. Kotona hän asetteli
vaatteet eteisen naulakkoon kuivumaan.

- Toitko kaljaa? Kuului Tepon huudonomainen
kysymys olohuoneesta.

- En. Makaronilaatikkoa vain.

- No mikset tuonut?

- Tässä pitäisi vielä monta päivää pärjätä näillä
rahoilla...

- No kyllä meillä rahaa on! Teppo huusi
turhautuneena.

Penttiä ei huvittanut jäädä kinastelemaan Tepon kanssa, vaan sulkeutui huoneeseensa. Hän päätti alkaa maalaamaan talviaiheista teosta.

- Kutsun Maken tänne! Jos hän toisi sitä kaljaa! Teppo jatkoi huutelua olohuoneesta.

Pentti pysytteli vaiti ja ryhtyi tutkailemaan penseleitään. Teppo soitti Makelle, jonka jälkeen asetteli itsensä mukavasti sohvalle telkkarin ääreen. Ei aikaakaan, kun ovikello soi. Teppo nousi sohvalta avaamaan ovea.

- Miten ihmeessä tulit näin nopeasti? Teppo kysyi ovea avatessa.

Oven takana oli naapurin eläkeläisrouva tyhjän sokerikon kanssa.

- Et sinä ole Make. Teppo totesi.

- Anteeksi, olisiko teillä sokeria? Tulee leivottua niin paljon, että aina on lopussa. Rouva pyysi ja ojensi sokerikon Tepolle, joka otti sen hämillään vastaan.

- Joo, on meillä. Joskus tulee tehtyä kiljua.

- Hienoa!

- Minä täytän tämän ja tuon sitten teille.

- Kiitos! Menen kotiini odottelemaan.

Teppo siirtyi keittiöön, jossa täytti sokerikon aivan reunaan ja hieman ylikin. Pöydälle tipahtaneet sokerit hän pyyhkäisi kämmenellään lattialle ja perään vielä puhalsi pöydän puhtaaksi, jonka jälkeen meni rouvan ovelle ja soitti ovikelloa. Rouva avasi oven ja hänellä oli nyt yllään kylpytakki.

- Tule peremmälle. Rouva kutsui.

Teppo epäröi hetken, mutta astui sisään ja seurasi rouvaa keittiöön. Rouva nojaili keittiötasoa vasten ja katsoi viettelevästi Teppoa, joka laski sokerikon pöydälle ja oli kääntymässä takaisin ulko-ovelle.

- Hei! Rouva huudahti ja nappasi Teppoa käsivarresta.

- Mitä tapahtuu? Teppo kuiskasi samalla, kun rouva avasi kylpytakkinsa ja veti Tepon tämän paidasta itseensä kiinni.

Seurasi pitkä, kiihkeä suudelma. Kohta rouva kääntyi ja asteli makuuhuoneeseen. Teppo pysyi hetken jähmettyneenä paikoillaan ja kummasteli tapahtunutta, kunnes lähti vauhdilla kotiinsa.

- Missä kävit? Pentti kysyi heti Tepon saavuttua eteiseen.

- Mitä? Teppo katsoi säikähtäneenä Penttiä.

- Niin, että mistä tulet?

- Lainasin naapurin rouvalle sokeria.

- Okei?

- Hän kävi tässä ovella kysymässä, niin vein hänelle.

- Okei. Sulla on huulet jotenkin tummat...

- Joo, syötiin marjoja samalla! Teppo sanoi Pentin päälle.

- Marjoja?

- Marjapiirakkaa. Teppo sanoi nopeasti ja häipyi kylpyhuoneeseen huuhtelemaan huuliaan.

Ovikello soi. Teppo kurkisti varovasti kylpyhuoneen ovenraosta.

- Pentti, käytkö avaamassa?

Pentti kävi avaamassa oven. Teppo vetäytyi kokonaan takaisin kylpyhuoneeseen, kunnes kuuli Maken äänen ja uskalsi tulla esiin. Pentti ilmoitti käyvänsä jossain asioilla ja jäi eteiseen pukeutumaan.

- Ei voi sanoa, että pitkästä aikaa! Teppo vitsaili nähdessään Maken ja siirtyi olohuoneen sohvalle.

Make vei muovikassillisen olutta jääkaappiin ja istui sen jälkeen Tepon viereen.

- No nyt! Suhun voi luottaa! Teppo huudahti Maken laitettua oluen pöydälle.

Make näytti vaivaantuneelta.

- Pentti unohti ostaa olutta. Teppo jatkoi ja veti koko tölkin muutamalla kädenliikkeellä kurkusta alas ja kävi hakemassa jääkaapista toisen.

- Sulla on muuten tuossa suunpielessä jotain tummaa. Make huomautti.

Noin tunnin kuluttua Pentti palasi. Miehet siirtyivät keittiön pöydän ääreen pelaamaan korttia. Teppo sekoitti ja jakoi kortit. Muutaman pelikierroksen jälkeen he päättivät pitää ruokatauon.

Pentti laittoi kanasuikaleet pannulle. Teppo ryhtyi pilkkomaan tomaattia ja kurkkua. Make asetteli pöydälle salsan, smetanan ja juustoraasteen. Miehet lämmittivät tortillat vuorotellen mikrossa ja jokainen söi omaan tahtiin, jonka jälkeen korttipelit jatkuivat.

Ulkona pakkanen kiristyi ja taivaalla loistivat tähdet ja kuu. Kuun valo osui keittiön ikkunasta sisään kuin kohdevalo. Make kävi ihastelemassa taivasta samalla, kun haki jääkaapista olutta. Hän sammutti keittiöstä valot, jolloin kuu valaisi aavemaisesti koko tilan.

- Make? Penttiä hieman ärsytti valojen sammuttaminen.

- Katsokaa. Make sanoi ja siirtyi istumaan.

- Hienosti valaisee. Teppo totesi.

- Laita valot päälle! Pentti huudahti.

- Hetki vielä... Make vastasi hiljaa.

Miehet istuivat pari minuuttia hiljaa tuijottaen ikkunan läpi tulevaa kylmää valoa, jonka jälkeen kortinpeluu sai jälleen jatkua.

Kolmikosta Pentti meni ensimmäisenä huoneeseensa nukkumaan. Hieman myöhemmin Teppo teki Makelle sohvalle pedin ja päivä oli kolmikon osalta paketissa.

- Hyvää yötä! Teppo huusi niin lujalla äänellä, että viereisessä huoneessa nukkuva Pentti säpsähti hereille.

Kohta kaikki nukkuivat.

JOULUAATTO

Teppo, Pentti ja Make istuivat sohvalla ja katselivat telkkarista ohjelmaa, jossa kotia valmisteltiin joulunviettoon. Siinä hienosti pukeutunut nainen esitteli kotiaan, jossa mies laittoi keittiössä jouluruokia ja olohuoneessa lapset koristelivat valtavaa kuusta. Taustalla soi joululauluja. Teppo ryystäsi ja maiskutteli kahvia, Make ryystäsi olutta ja Pentti ei ollut varma, mitä mieltä oli ohjelman joulunvietosta, muttei myöskään omasta. Miesten jouluruoka oli uunimakkara ja ranskalaiset perunat, ellei Teppo ollut jostain varastanut joulukinkun ja piilotteli sitä nyt jossain, kuten yhtenä jouluna oli käynyt. Juomana oli lähikaupan halvinta olutta ja glögiä. Pentillä oli aavistus, että Make oli tuonut lahjaksi jonkin sortin putelin vahvaa, jota voisi nauttia glögin kanssa. Heillä ei ollut joulukuusta, ei joulukoristeita, eikä joululauluja soitettu. Mutta tunnelma oli kaikin puolin hyvä ja ilmassa oli kuitenkin pieni, mutta merkittävä annos joulumieltä.

- Mulla on teille pieni lahja. Make ilmoitti ja kävi hakemassa takintaskustaan pullon konjakkia.

- Tämä voisi sopia glögin kanssa. Hän jatkoi.

Teppo ja Pentti kiittivät Makea ja Pentti siirtyi keittiöön lämmittämään glögiä. Teppo paljasti, ettei hänellä ollut joulukinkkua.

Iltamyöhällä miehet kuulivat pihalta tyhjäkäynnillä olevan auton ääntä ja siirtyivät parvekkeelle katsomaan mistä oli kyse. Naapuritalon erään rappukäytävän edessä oli poliisiauto.

- Olisikohan Veijo kyseessä? Make pohti.

- Tuolla hän kyllä asuu. Pentti totesi.

- Hyvää joulua sinnekin! Teppo naurahti.

Penttiä tilanne harmitti yllättävän paljon ja toivoi, ettei tilanteessa olisi mukana lapsia. Hän käveli ripeästi konjakkipullolle ja otti siitä pari suurta kulausta. Sitten hän ajatteli huumeita.

Yhtäkkiä kajahti lyhyehkö pamaus. Ei aivan pihan edustalta, mutta kuitenkin melko läheltä. Miesten mielikuvitus lähti laukalle.

Ilotulitus? Vai aseen laukaisu? Miehet katselivat kysyvästi toisiaan.

- Mikä helvetti tuo oli? Teppo kysyi oudolla matalalla äänellä ja lähti huoneensa kaapille, jossa säilytti erilaisia aseita.

Teppo silmäili hetken valikoimaansa ja nappasi sitten kiväärin. Make oli seurannut Teppoa ovensuuhun ja katseli hämmentyneenä hänen touhua. Teppo istui sängylle ja ryhtyi virittelemään kivääriään käyttövalmiuteen. Kohta Pentti tuli huoneeseen.

- Mitä sä teet? Pentti kysyi.

- Nyt on tilanne päällä. Teppo vastasi vakavan rauhallisesti.

- Mikä tilanne? Ei ole mitään tilannetta. Lopeta!

Pentti nappasi kiväärin Tepon käsistä ja laittoi sen takaisin kaappiin. Teppo oli täysin rauhallinen, mutta sisäinen kiukku oli aistittavissa. Hän nousi rauhallisesti sängyltään ja nappasi Penttiä paidan yläosasta lujasti kiinni ja katsoi häntä lähietäisyydeltä tiukasti silmiin.

- Tiedätkö mitä ulkona tapahtuu? Mitä? Oletko millään tavalla valmistautunut, jos paska osuu tuulettimeen?

Pentti riuhtaisi itsensä irti ja lähti huoneesta. Hän ei ollut koskaan nähnyt Teppoa tuollaisessa tilassa. Hillitty ja vakava, mutta äärimmäisen pelottava – vastaan tuijotti tyhjääkin tyhjempi katse. Pentti luuli ja tosissaan jopa pelkäsi, että viimeistään nyt Teppo sekosi ja tekisi jotain peruuttamatonta. Pentti suuntasi keittiöön ja yritti rauhoittua. Hän ajatteli jälleen huumeita. Ne olivat pelastaneet hänet lukuisia kertoja vaikeista, stressaavista tilanteista – ainakin hetkeksi.

Make ehdotti Tepolle, että menisivät katsomaan mitä ulkona tapahtuu. Teppo otti kiväärinsä ja miehet siirtyivät eteiseen pukeutumaan. Pentti oli keittiössä vetämässä huumeita, mutta kuuli Tepon ja Maken lähtevän ja päätti lähteä mukaan.

Kolmikon päästyä pihalle, oli poliisi autonsa avatun takaoven luona, jonka kopin valo loisti kirkkaana pimeässä. Kohta rappukäytävästä ilmestyi Veijo käsiraudoissa, toisen poliisin taluttamana. Veijo suljettiin autoon ja tilanne oli ohi.

- Voi Veijo, Veijo... Teppo mutisi ja lähti Maken kanssa sisälle.

Pentti jäi hetkeksi paikoilleen, sillä oli varma nähneensä juuri kissan ja lähti seuraamaan sitä.

Naapuritalon Veijo oli kovanluokan huumediileri, jolta Make kävi satunnaisesti ostamassa huumeita. Teppo ja Pentti eivät olleet tietoisia siitä, kuinka syvissä vesissä Make uiskenteli, sillä hänelle oli kertynyt suuri määrä velkaa Veijolle. Make oli kuullut juttuja, mitä Veijon niin sanottu klaani oli kykenevä tekemään, jos velkoja ei maksaisi – hirveitä, painajaismaisia asioita, kuten elokuvissa konsanaan.
Kerran varakas Make oli ajautunut sellaiseen ahdinkoon, josta hän ei nähnyt poispääsyä. Häntä hävetti kertoa asiasta Tepolle ja Pentille, joten hän päätti mieluummin elää asian kanssa yksin.
Veijon pidätyksen jälkeen Make tunsi helpotusta. Nyt hän saisi pitkästä aikaa hieman mielenrauhaa. Toisaalta Make tiesi, ettei tämä mielenrauha olisi ikuista. Klaani operoi ilman Veijoakin. Nyt puhutaan ihmisistä, jotka hakkaavat makkarasta tai välillä jopa täysin ilman syytä, jos satuit

olemaan vain väärässä paikassa, väärään aikaan. Makea inhotti ajatus, ettei hänelle riittänyt pelkkä alkoholi. Hän muisteli sitä kohtalokasta ajanjaksoa, jolloin ajautui kokeilemaan erilasia huumeita. Tuolloin raha ei ollut ongelma ja totta kai oli myös hauskaa – kunnes ei enää ollut. Hän tiedosti varsin hyvin, ettei velkakierteestä olisi helppoa poispääsyä, eikä huumeista niin vain sormia napsauttamalla pääsisi eroon. Hän suunnitteli hommaavansa jatkossa huumeensa lähiön ulkopuolelta, mutta jotenkin hänen tulisi joka tapauksessa Veijolle maksaa. Hän harkitsi jopa klaaniin liittymistä eli tekisi Veijolle töitä velkojen kattamiseksi. Toisaalta Make tiesi, ettei hänestä olisi leikkelemään kenenkään sormia tai mukiloimaan ketään pesäpallomailalla.

Sisällä Teppo ja Make ihmettelivät mihin Pentti jäi, mutta vain muutaman minuutin kuluttua Pentti saapui.

- Näin ulkona kissan! Pentti kiljaisi.

- Tällä kelillä? Siellä on toistakymmentä astetta pakkasta. Make ihmetteli.

- Yritin ottaa sen syliin.

- Luntakin... Make jatkoi kääntäen katseensa isokokoiseen parvekkeen ikkunaan, josta näkyi pientä lumisateen tekemää liikettä.

Teppo näytti surulliselta.

- Helvetti, kenen kissa sen on? Hän sai sanotuksi hieman epäselvästi.

- Jos löydän ne omistajat niin... niin...

- Ei ole sinun ongelmasi. Pentti keskeytti.

- Rotat! Teppo huudahti pää punaisena.

- Älä viitsi huutaa näin myöhään. Make sanoi varovasti.

- Siis ainakin luulen nähneeni juuri kissan. Pentti sanoi ja kävi pitkälleen olohuoneen sohvalle.

- Tule kis, kis, kis... tule tänne. Pentti mutisi silmät kiinni ja hetken päästä nukahti.

TAMMIKUU

Uudenvuoden juhlinnat olivat takana ja kolmikko poti krapulaa Tepon ja Pentin asunnossa. Make tutkiskeli uudenvuodenaattona valettuja tinafiguureja, jotka oli laitettu esille olohuoneen lipaston päälle.

- Tilataanko pizzat? Pentti kysyi yllättäen.

- Joo! Teppo innostui välittömästi ja kävi etsimässä paikallisen pizzerian esitteen.

- Tämä Tepon oma näyttää ihan viikatemieheltä.

Teppo ja Pentti menivät Maken viereen katsomaan figuuria.

- No enpä tiedä... Teppo sanoi.

- Näyttää se. Pentti totesi.

- Se meinaa kuolemaa! Make sanoi vitsillä.

Miehet nauroivat ja levittäytyivät telkkarin ääreen istumaan. Teppo naputteli puhelimeen pizzerian numeron, ennen kuin oli edes kysynyt muilta mitä he haluaisivat tilata.

- Teppo? Pentti katsoi kysyvästi Teppoa.

- Äkkiä nyt! Teppo huudahti ja tökki pizzerian esitteellä Penttiä.

Miehet saivat tilattua ruoat ja jäivät odottamaan. Ruokien saapumisessa kesti odotetusti kauan, sillä oli uudenvuodenpäivä. Kolmikko oli valinnut elokuvan valmiiksi, jota alkoivat ruokien saavuttua katsomaan.

- Mulla on väärät täytteet! Teppo karjaisi avattuaan pizzalaatikon ja oli heittämässä sen seinään, mutta Pentin ja Maken kieltävät huutelut saivat Tepon olemaan heittämättä.

- No kai tämäkin menee. Teppo totesi rauhallisesti hetken tuijotettuaan pizzaansa.

Elokuvan puolivälissä Make kävi kylpyhuoneessa oksentamassa ja ilmoitti lähtevänsä kotiin.

- Se oli varmasti tuo pizza. Teppo sanoi Pentille Maken lähdettyä.

Ulkona oli jälleen pilkkopimeää, kova pakkanen ja vaaleina erottuvat suuret lumihanget. Jossain kaukana kuului vielä ilotulitteiden pauketta, mutta muuten oli hiljaista, rauhallista ja tyyntä – jopa ahdistavan levollista.

Lauantaisin oli veljesten saunavuoro. Tylsä, hidas päivä vaihtui viimein iltaan ja Teppo tuli pyyhe pään ympärillä ja pelkissä alushousuissa eteiseen, jossa asetteli puutarhakengät nätisti ulko-oven eteen valmiiksi.

- Mennäänkö?

- Et kai noin lähde? Pentti kysyi hämillään ja naurahti.

- Alakertaanhan me vain olemme menossa.

- Eli ei haittaa, jos joku naapureista tulee käytävällä vastaan?

- Ei. Eivät muka ole aikaisemmin nähneet miesvartaloa?

Pentti naurahti ja miehet poistuivat asunnosta rappukäytävälle, josta suuntasivat alakertaan. Juuri, kun Pentti oli avaamassa saunatiloihin menevää ovea, avautui rappukäytävän ovi.

- Äkkiä nyt. Teppo kuiskasi melko lujalla äänellä.

- Kaikkihan ovat nähneet miesvartalon? Pentti kiusasi.

Kulman takaa tuli yksinhuoltajaäiti juuri ja juuri kouluikäisen tyttärensä kanssa. Teppo yritti piiloutua Pentin taakse, jolla oli sentään pyyhkeen ja alushousujen lisäksi yllään collegehousut ja t-paita. Tepon nähtyään äiti hoputti tytärtään kiihdyttämään vauhtia rappusia ylös. Miehillä oli kiusaantunut hymy kasvoillaan ja yrittivät tervehtiä, mutta äidin ja tyttären katse oli tiukasti rappusissa.

- Avaa nyt se ovi! Teppo tiuskaisi.

Miehet jatkoivat saunatilan pukuhuoneeseen.

- Näitkö kuinka nainen katseli minua? Teppo kysyi omahyväisellä ilmeellä ja hieroi kaljamahaansa.

Pentti katsoi epäuskoisesti Teppoa.

- He olivat kauhuissaan. Pentti sanoi.

- Esittivät vain. Olivat niin lumoissani, että...

- Mennään löylyihin. Pentti keskeytti ja lähti pukuhuoneesta.

Miehet kapusivat saunan lauteille ja Teppo ryhtyi saman tien heittämään löylyä. Neljännen kauhallisen jälkeen Pentin täytyi puuttua Tepon löylynheittoon eli otti häneltä löylykauhan. Teppo nosti oikean jalkansa vasemman etureiden päälle ja kävi hieromaan jalkapohjaa.

- Pitäisi rasvata nämä... Teppo mutisi itsekseen.

Miehet istuivat hetken täydessä hiljaisuudessa. Vain sähkökiukaan pirinä ja sen satunnainen naksahdus kuului taustalla.

- Oletko koskaan pohtinut, että tapahtuukohan kaikki syystä? Onko elämä ennalta määrätty?

- Oletko taas vetänyt huumeita ennen saunaa? Teppo heitti vastakysymyksen Pentille.

- Ei, kun tämä on mielenkiintoinen teoria. Mieti.

- No miten se nyt on mahdollista?

- Uskotko siis, että kaikki on vain sattumaa?

- Kyllä.

- Okei. Muttei voi tietää. Se tässä on mielenkiintoista. Ehkä universumilla on meille suunnitelma ja elämän tapahtumilta ei voi välttyä. Kaikki on niin sanotusti tähtiin kirjoitettu...

- Tabula rasa. Teppo keskeytti.

- Mitä?

- Ihminen on tyhjä taulu, joka täytetään elämän varrella kokemuksilla. Me vain oleskelemme täällä. Miten se meni, että... ihminen on heitetty maailmaan, kuten tuo... en muista kuka sanoi... mutta puhun nyt siis eksistentialismista.

- Kyllähän tuo käy järkeen. Pentti pohti.

- Niin! Miksi sitten höpötät jostain suunnitelmasta?

- Ajatus siitä tuo tietynlaista lohtua.

- Kuinka niin?

- On lohduttavampaa ajatella, ettet voi valinnoillesi mitään. Kaikki tapahtuu syystä, koska sen kuuluu niin mennä... halusit tai et. Ja jos uskoo positiiviseen energiaan, luottaa karmaan niin...

- Mitä ihmettä sinä hippi selität? Teppo naurahti kovaäänisesti.

- Niin, uskon tällaisiin asioihin! Pentti hieman tulistui.

- Okei. Teppo sanoi rauhallisella äänellä.

- Minä taas uskon, että kaikki on pitkälti kiinni tuurista ja siitä, mitä tekee. Mitä itse valitsee ja päättää tehdä. Teppo jatkoi varovasti.

Pentti nyökytti päätään, mutta piti katseensa edessä. Teppo heitti kauhallisen löylyä, mutta meni heti sen jälkeen suihkuun.
Pentti vajosi ajatuksiinsa. Hän pohti ihmisten erilaisia ajatusmaailmoja. *Miksi ihmiset jakautuvat niin voimakkaasti erilaisiin lohkoihin? Kissa vai koira? Mistä tällainen johtuu? Ympäristöllä on selvästi vaikutusta, mutta kuinka paljon siihen voi itse vaikuttaa? Ihmisen perimään, DNA:han, kun ei voi vaikuttaa. Miksi olemme niin erilaisia?*

- Äh, ihan sama! Pentti sanoi ääneen ja lähti suihkuun vilvoittelemaan.

Pukuhuoneessa Teppo ojensi Pentille oluen. Pentti kuivatteli itseään hetken pyyhkeellään ja istui sitten Tepon viereen.

- Pohdiskellut tässä auton hankkimista. Teppo ilmoitti.

- Kunhan et ajele taas kännissä.

- Kuules sinä narkkari!

- Mutta millä rahalla?

- Makella on tuttuja.

- Okei. Mutta millä rahalla?

- Älä sinä sitä murehdi.

Penttiä ei huvittanut enää keskustella asiasta. Teppo vilkaisi puhelintaan.

- Hetkinen... meidän saunavuoro alkaa vasta nyt.

- Takaisin löylyihin? Pentti kysyi.

- Ihan just.

Saunan jälkeen miehet joivat kotona vielä oluet, joiden jälkeen he päättivät lähteä viettämään iltaa paikalliseen Kolo-nimiseen baariin. He kutsuivat myös Maken mukaan, joka odottelikin heitä jo baaritiskillä miesten saavuttua paikalle. Miehet tilasivat juomat ja siirtyivät heittämään tikkaa. Make oli levoton. Hän tarkkaili ympäristöä ja katseli jatkuvasti baarin ulko-ovea ja sieltä saapuvia ihmisiä. Pentti epäili tietävänsä mistä oli kyse, muttei viitsinyt ottaa asiaa puheeksi.

Vain pari pelikierrosta ehti mennä, kun Teppo poltti päreensä ja sai kiukuissaan vahingossa tikan singahtamaan kädestään.

- Ai, ai, ai, aaai! Kuuluivat vanhan miehen huudahdukset lähellä olevasta pöydästä.

Kohta huomattiin tikan törröttävän miehen oikeassa pohkeessa. Teppo oli kovasti pahoillaan tilanteesta, mutta baarinpitäjä päätti heittää miehet baarista ulos.

- Olette sekoilleet täällä ihan tarpeeksi! Nyt riittää!

Tepon säikähtänyt ja lempeän pahoitteleva olemus muuttui sekunnin murto-osassa takaisin ärtyisäksi.

- Rotat! Teppo karjahti.

Pentti ja Make nappasivat hänet syleilyyn ja raahasivat tämän pihalle.

- Räjäytetään tämä pulju kohta! Teppo huusi baarin edustalla ja rimpuili hetken, kunnes täysin yhtäkkiä rauhoittui ja muuttui iloiseksi ja leppoisaksi.

Teppo ja Make kävelivät Pentin nopeammalla tahdilla, jättäen hänet reilusti jälkeen. Kotipihalla Pentti näki, kuinka Teppo ja Make hävisivät rappukäytävään. Pentin askeleet kävivät askel askeleelta huterammiksi. Päässä alkoi pyöriä yhä voimakkaammin ja Pentti tunsi kuinka tasapaino alkoi kadota. Hän pysähtyi, mutta alkoi saman tien kaatua vasemmalle. Hän romahti polvilleen ja kellahti siitä pää edellä maahan. Hän tunsi pienen terävän iskun otsassaan ja punnersi kaikin voimin itsensä istumaan. Hän näki lumessa verta, jonka jälkeen pyyhkäisi kädellään otsaansa ja huomasi sen olevan veressä. Paniikki oli tulossa. Hän katsoi tien varressa ollutta jäälohkaretta ja tajusi osuneen otsallaan siihen. Hengitys kävi raskaaksi. Päässä pyöri. Kaikki oli jotenkin sumeaa. Oli hiljaista. Ketään ei näkynyt missään ja Pentti tajusi, että hänen oli päästävä mahdollisimman nopeasti kotiin. Hän hoiperteli itsensä jaloilleen ja askeleet kulkivat yhdestä kadun laidasta toiseen laitaan. Hän suorastaan rysähti rappukäytävän ovea päin ja huomasi sen olevan lukossa. Avain kuitenkin kääntyi hienosti ja ovi oli hetkessä auki. *Nyt vielä rappuset ylös.* Hän tsemppasi itseään ja tunsi, kuinka voimat kerta kaikkiaan olivat lopussa. Hän suorastaan veti itseään käsivoimilla kaiteesta ja jokainen askel tuntui kuin vetäisi perässään ylimääräistä painoa. Raskaat askeleet ja syvä puuskutus varmasti kaikuivat myös naapureille. Pentti tunsi, kuinka ei jaksanut enää. Verensokeri nollassa, aivot olivat sanomassa itseään irti ja jalat olivat maitohapoilla, suorastaan kivuliaat. Hän soitti ovikelloa ja tuijotti nimeä ovessa varmistaen, että kyseessä oli varmasti oikea ovi. Teppo avasi oven ja huusi heti Makea avuksi. He taluttivat Pentin olohuoneen sohvalle, jossa he riisuivat tämän ulkovaatteet ja putsasivat kasvot verestä. Teppo laittoi Pentin otsaan laastarin samalla, kun Pentti vaipui uneen. Make näytti huolestuneelta.

- Kyllä tämä tästä. Korkeintaan lievä aivotärähdys. Mokoma narkkarirotta. Teppo sanoi leppoisasti, jolloin Maken olo hieman keveni.

Pentti avasi silmät ja säikähti. Teppo tuijotti häntä lähietäisyydeltä silmiin ja mussutti makaronilaatikkoa suoraan alkuperäispakkauksesta.

- Huomenta! Otitko yliannostuksen? Teppo naurahti ja vetäisi samalla ruokaa väärään kurkkuun.

Teppo yski voimakkaasti kasvojen muuttuen yhä punaisemmiksi. Pentti nousi istualleen. Make tuli keittiöstä Tepon luo.

- Mitä kävi? Make kysyi.

Pentti ei sanonut mitään, mutta näytti kauhistuneelta. Kohta Teppo lopetti yskimisen ja asteli rennosti keittiöön.

- Siellä on nyt kahvia. Make ilmoitti ja lähti Tepon perässä keittiöön.

Pentti kosketti otsaansa, joka oli arka. Hänen ihmetyksekseen siinä oli laastari. Hän muisti kaatuneensa ja lyöneen päänsä johonkin, sekä muisti myös hämärästi olleensa rappukäytävässä kapuamassa rappusia ylös. Sitten pimeni.
Hän huokaisi syvään ja tunsi kuinka suru valtasi

mielen. Teppo ja Make tulivat kahviensa kanssa keittiöstä ja löysivät Pentin itkemästä.

- Iso mies! Teppo huudahti.

- Miksi taas? Pentti mutisi.

- Mitä? Teppo kysyi.

- Taas kävi sama. Miksen osaa olla normaalisti?

- Otit vain liikaa. Sitä sattuu. Make sanoi pehmeällä äänellä.

- Haluaisin täyttää elämän jollakin muulla kuin huumeilla.

Miehet olivat hetken hiljaa. Pentti pyyhki käsillään kyynelten kastelemia kasvojaan.

- Voi kun olisi naisystävä ja työpaikka ja sellaista... vakautta.

Pentin alahuuli vapisi ja hän vilkaisi nopeasti punaisilla silmillään Teppoa ja Makea, jotka seisoivat kuuntelemassa alakuloiset ilmeet kasvoillaan.

- Halun vain olla onnellinen. Pentti sanoi ja painoi päänsä polviin.

- Minun täytyy kohta käydä äidin luona. Make sanoi pienen vaivaantuneen hiljaisuuden jälkeen.

Pentti nyökkäsi. Teppo maiskutteli kahvia ja selaili telkkarista ohjelmia. Make kävi viemässä kahvikupin tiskialtaaseen ja hyvästeli kaksikon. Hetken kuluttua Teppo ilmoitti lähtevänsä hakemaan kaupasta jotain syötävää.

- Olet hyvä veli. Pentti sanoi hiljaa ja katsoi Teppoa, joka oli niin keskittynyt kenkiensä sitomiseen, ettei mahdollisesti edes kuullut.

Pihalla Teppo huomasi naapurikerrostalon parvekkeen alla outoa liikehdintää. Hiiviskeltyään lähemmäs, hän löysi tummiin pukeutuneen kaksikon yrittämässä varastaa polkupyörää. Tepon ilme kääntyi neutraalista vakavaan ja päätti puuttua asiaan.

- Hei! Teppo huudahti.

Hahmot kääntyivät säikähtäneinä Teppoon ja jähmettyivät paikoilleen. Teppo astui askeleen lähemmäs, jolloin he pinkaisivat juoksuun.

- Ei kun antakaa minä näytän!

Hahmot pysähtyivät lyhyen matkan päähän ja katsoivat kysyvästi Teppoa, joka kutsui käsien viuhtomisella heitä luokseen. He olivat hämillään, mutta tulivat kuitenkin varovasti Tepon luo. Teppo katsoi heitä hetken isällisesti, jonka jälkeen piti ikään kuin luennon eri tavoista varastaa polkupyöriä.

Teppo heräsi yöllä meteliin, joka kuulosti tulevan rappukäytävästä. Hän siirtyi heti asekaapilleen, nappasi kiväärin, viritteli sitä muutaman sekunnin ja suuntasi eteisen ovelle. Yllätyksekseen hän kuuli Pentin puhetta, mutta myös epämääräistä vaikerointia ja lasisirpaleiden kilinää.

- Pentti?

Ei vastausta. Teppo päätti mennä katsomaan mitä oli tekeillä. Hän asteli varovasti kivääri kädessään rappusia alas ulko-ovelle, jossa vastassa oli Pentti ja Make. Teppo tajusi heti, että Make oli rikkonut rappukäytävän ulko-oven ikkunan ja tullut siitä sisään.
Kuului jonkun asunnon oven avaus.
Yksinhuoltajaäiti löysi alakerrasta hysteerisen laastaripäisen Pentin, verisen ja lähes tajuttoman Maken ja ilkosillaan olevan Tepon kivääri kädessä.

Viiden minuutin kuluttua poliisit olivat paikalla.

Teppo ja Pentti istuivat olohuoneen sohvalla syöden iltapalaa ja katsellen telkkaria.

- Oletko kuullut Natascha Kampuschin tarinan? Teppo kysyi yllättäen.

- Ei kuulosta tutulta. Kuinka niin?

- Hänet siepattiin kymmenenvuotiaana ja asui kahdeksan ja puoli vuotta kellarissa, kunnes onnistui pakenemaan.

- Just. Miksi kerrot tämän mulle?

- Tuli vain mieleen.

- Jaa. Hurja kohtalo tytöllä.

- Huono säkä.

Pentti jäi miettimään tapausta. Tavallaan hänkin oli vanki, kun oli ikään kuin sulkeutunut maailmalta, eikä edes yrittänyt olla ihmisten kanssa tekemisissä tai kuulua joukkoon. Veljekset olivat syrjäytyneet yhteiskunnasta – se oli tosiasia. Tepolle tämä ehkä oli okei, mutta Penttiä asia oli vaivannut jo vuosia. Asia häiritsi häntä lähes päivittäin, koska väkisinkin ajatukset menivät haaveiluun paremmasta elämästä. Hän häpesi itseään. Inhosi sitä, millaiseksi oli tullut.

Hän nousi sohvalta, meni Tepon tietokoneelle ja ryhtyi selailemaan työvoimatoimiston sivuilta kotikunnassaan järjestettäviä koulutuksia ja kursseja. Hän löysi piakkoin alkavan kokin koulutukseen valmistavan kurssin, jonka suoritettua saisi muun muassa hygieniapassin. Tämä herätti hänessä mielenkiintoa. Ruoanlaitto oli hänestä erittäin mieluisaa tekemistä – tavallaan taidetta sekin.

Hän luki koulutussisällön huolellisesti läpi ja siirtyi sitten täyttämään henkilötietoja, jonka jälkeen piti tietokoneen hiiren osoittamaa nuolta *OSALLISTU*-painikkeen kohdalla ja mietti ääneen.

- Bussilla pääsee kaupungin keskustaan ja takaisin. Bussikortti on viisikymppiä... okei.

Klikkaus, jonka jälkeen tietokoneen ruudulle ilmestyi vahvistus kurssille osallistumisesta. Pentti ajatteli välittömästi, että tekikö virheen. Mutta kohta tunne muuttui päinvastaiseksi. *Ei. Tämä oli hyvä päätös!* Hän tunsi suorastaan ylpeyttä. Hän oli vuosien jouten olemisen jälkeen osallistumassa johonkin. Ja johonkin sellaiseen, joka voisi olla ovi erilaiseen elämään. Parempaan elämään.

Tavalliseen, normaaliin arkeen. Hän halusi töitä, naisen, lemmikin, kesämökin ja näiden päälle vielä läjän erilaisia harrastuksia, koska hän uskoi näiden tekevän hänestä aidosti onnellisen. Vaikkei hän ollut Tepolle ja Makelle haaveistaan kertonut, niin hän tiesi heidän tietävän niistä.

Moni, varmasti suurin osa lähiöläisistä oli yksinkertaisesti luovuttanut näiden samankaltaisten haaveiden tavoittelun suhteen ja tyytynyt siihen ajatukseen, etteivät unelmat ole mahdollisia. Lähiö toimi rikkinäisten sielujen yhteisönä ja ikään kuin liimana, jolla oli kyky luoda yhteenkuuluvuuden tunnetta ja sitä kautta toi elämään edes jonkinlaista merkitystä. Lähiöllä oli erityislaatuinen kyky sytyttää pieni toivon kipinä, rakentaa pienistä hyvistä hetkistä, arjen onnistumisista, kuten naapurin kanssa vitsailusta luottamusta yhteiskuntaan ja kuljettaa pienen puron tavoin uskoa paremmista päivistä. Tämä uskomattoman voimakas, näkymätön voima piti tuhansia ihmisiä kiinni elämässä, joiden arki oli synkkä, raskas ja niukka. Valtaosa lähiöläisistä inhosi sitä yhteiskuntaa, jota oikeistolainen, äärimmäisen kylmä ja empatiakyvytön hallitus mielivaltaisesti johti. Näille päättäjille, omaa ja lähipiirin egoa ruokkiville, itsekkäille sosiopaateille raha, maine ja status oli kaikki kaikessa. Nämä narsistiset luokkayhteiskunnan puoltajat tekivät toki vain sitä, mitä sosiaalisen älykkyyden puuttuessa osasivat. Näillä henkilöillä oli aina mennyt elämässä hyvin. Heillä oli perheet, lemmikit, kesämökit ja loputtomasti mahdollisuuksia koulutukseen, työhön ja harrastuksiin. Oikeiston mielestä jokaisen kuuluisi ajatella: *Mitä voin tehdä valtion eteen?* Ja olisi totaalisen väärin ajatella: *Mitä valtio voi tehdä minun eteen?* Oikeistohallitus ei kerta kaikkiaan välittänyt lähiöstä ja vielä vähemmän se välitti sen asukkaista.

Matkalla kauppaan Teppo huomasi kaupan edustalla kolme tyyppiä, joilla roikkuivat kyltit kauloissaan ja jakelivat ohikulkijoille lappusia. Yhdellä oli myös megafoni, johon hän ryhtyi huutelemaan mitä lie raamatun lukua. Teppo lähestyi kolmikkoa, jolloin hänelle ojennettiin lappunen, joka oli jonkun seurakunnan mainos. Teppo otti lapun vastaan, mutta viskaisi sen saman tien maahan.

- Mitä helvettiä te täällä sekoilette?

Kolmikko pelästyi, eikä kukaan sanonut mitään.

- Lopettakaa tämä häiriköinti. Teppo käskytti ja suuntasi kauppaan.

Kaupassa Teppo latoi ostoskorin täyteen kaupan halvinta olutta. Hän piti yhtä oluttölkkiä kädessään, katseli ympärilleen ja livautti tölkin alushousujensa etuosaan. Hän ei edes yrittänyt peitellä housujensa pullottavaa etuosaa kävellessään kassalle. Hän asteli leppoisin askelin, virnistävä hymy kasvoillaan kassajonoon, jossa hänet kyllä huomattiin. Jonossa ihmiset yrittivät pidätellä naurua. Teppo katseli tyytyväisen oloisena ihmisiä, eikä ollut moksiskaan. Jonon liikkuessa Teppo enemmän tai vähemmän vahingossa osui housuissa olevalla tölkillä edessä ollutta tyttöä takapuoleen, joka välittömästi poistui korinsa kanssa jonon hännille. Teppo oli kuin mitään ei olisi tapahtunut. Kohta oli Tepon vuoro maksaa ostokset. Hän otti aikansa pussittaessa oluita ja samalla oikein esitteli etumustaan. Kassaneiti ei uskaltanut ottaa asiaa puheeksi, vaan halusi vain päästä Teposta mahdollisimman nopeasti eroon.

Kaupan ilmoitustaululla oli *VARASTETTU* -otsikon alla valokuva polkupyörästä ja pyydettiin näköhavaintoja ja vihjeitä kahdesta tummiin pukeutuneesta pojasta, sekä yhdestä reilusti vanhemmasta, hieman ylipainoisesta armeijan väreihin pukeutuneesta miehestä.

Kaupan edustalla seurakuntalaiset jatkoivat mainostamista. Teppo asteli heidän eteensä, laittoi käden housujensa etuosaan ja veti esiin oluttölkin, avasi sen ja kumosi koko tölkin muutamassa sekunnissa. Tämän jälkeen hän haki katseella megafoniin huudellutta seurakuntalaista, röyhtäisi voimakkaasti ja heitti tyhjän tölkin häntä kohti.

- Teillä on tasan minuutti aikaa olla poissa mun silmistä. Teppo totesi vakavana ja katsoi jokaista vuorollaan silmiin.

- Aika lähti jo. Hän jatkoi.

Seurakuntalaiset lähtivät peloissaan hölkkäämään kohti bussipysäkkiä. Teppo lähti seuraamaan heitä vain varmistaakseen, että he varmasti olivat poistumassa paikalta.

HELMIKUU

Lähiön maisema oli ollut jo muutaman päivän kirkas ja sinivalkoinen, jossa pilvettömällä sinisellä taivaalla hehkuva äärimmäisen kirkas aurinko valaisi lumen sokaisevan valkoiseksi. Hiihtäjät nauttivat laduista, kaukalo oli täynnä luistelijoita ja kerrostalojen välisillä kaduilla liikkui lenkkeilijöitä. Baarinpitäjä poltti tupakkaa lumesta puhtaalla baarin edustalla ja ikään kuin otti kasvoilleen silmät kiinni aurinkoa ja hengitti syvään raikasta pakkasilmaa. Vanhus liikkui vaivattomasti rollaattorinsa kanssa kirjaston ovelle, jossa pieni poika piteli hänelle ovea. Taustalla kuului vähän väliin lasten leikkien ääniä. Kaupan valomainos tuskin näytti olevan edes päällä, kun aurinko häikäisi niin voimakkaasti sen himmeäksi. Ilmassa oli aistittavissa positiivista energiaa, iloisuutta ja hyvää mieltä.

Pentti oli innoissaan seuraavana päivänä alkavasta koulutuksesta. Hänen haaveilemansa rutiininomainen ja velvollisuuksien täyttämä arki oli alkamassa ja tämä ajatus sai hänet tuntemaan itsensä normaaliksi, kelvolliseksi. Tätä tunnetta hän ei ollut tuntenut vuosiin, mutta samalla pelkäsi mahdollista epäonnistumista ja sen tuomaa valtavaa pettymystä, vaikka olikin niihin tottunut. Oli vain voitettavaa, koska elämäntilanne oli se, että päivät menivät päihdeongelmaisena työttömänä kerrostalolähiössä.

Pentti ei saanut unta, koska ajatukset olivat aamulla alkavassa koulutuksessa. Hän ikään kuin torkahteli, mutta heräsi vähän väliä katsomaan kelloa. Hän nousi sängystään ennen herätyskelloa. Aamukahvien jälkeen, aikaa sai kulumaan vaatekaapilla ja peilin edessä. Valinnanvaraa vaatteisiin ei suuremmin ollut. Päälle oli laitettava siisteimmät farkut ja puhtain kauluspaita. Tukka hänellä oli pitkä ja epäsiisti. Naamalle ei voinut tehdä muuta kuin ajella parta ja siistiä nenäkarvoja kynsisaksilla. Deodorantti ja hammastahna olivat lopussa, mutta niistä riitti vielä. *Millaistakohan porukkaa siellä on? Miksi minua jännittää? Hyviä tyyppejä siellä on! Tästä tulee hyvä!* Pentti oli valmiina koitokseen, valmiina uuteen, valmiina tunteakseen olevansa elossa.

Pentti oli kymmenen minuuttia etuajassa odottamassa bussia. Ulkona oli vielä pimeää. Pakkasta oli lähemmäs toistakymmentä astetta, joka tuntui nipistelynä poskipäissä ja varpaissa. Ihmisiä valui tasaisin välein pysäkille. Pentti yllättyi ihmisten paljoudesta ja ikäjakaumasta. Nuorin oli juuri ja juuri kouluikäinen eli varmaankin ekaluokkalainen ja vanhin pystyi nipin napin ottamaan pieniä askelia rollaattorinsa kanssa. Eräs Pentin ikäinen nainen ilmestyi pysäkille ja tervehti jokaista. Pentti piti sitä outona, mutta tervehtiessään takaisin, se tuntuikin oikein mukavalta. Tuli lämmin olo. Kohta oikea bussi lähestyi pysäkkiä ja koululainen riensi tienvarteen ja heilutti vimmatusti käsiään, jotta bussi pysähtyisi. Hän nousi ensimmäisenä bussiin. Pentti auttoi vanhusta pääsemään keskiovista sisään.

Bussissa oli hetken täysin hiljaista, kunnes eräs takapenkillä istuva nuorimies laittoi puhelimestaan musiikin pauhaamaan niin kovaa kuin laitteesta irtosi. Kyytiläisistä näkyi ärsyyntyminen, mutta kukaan ei sanonut mitään. Penttiä tämä lähinnä hieman nauratti ja ajatteli käytöksen olevan jotain sellaista, mitä Teppo voisi bussissa tehdä.

Pentin varpaisiin koski. Hän katseli ympärilleen ja huomasi punaposkisia mököttäjiä tuijottamassa joko ikkunasta pihalle tai puhelimien ruutuja. Ainoastaan takapenkin nuorimies erottui käytöksellään. Koululainen pyyhki hanskallaan räkää kasvoiltaan ja niiskutti kovaäänisesti. Vanhus oli torkahtaa vasten ikkunaa. Nainen, joka tervehti pysäkillä jokaista, käänsi katseensa Penttiin ja heidän katseet kohtasivat. Pentti käänsi katseensa nopeasti pois ja tuijotti loppumatkan ikkunasta maisemia.

Pentti jäi kaupungin keskustan viimeisellä pysäkillä pois, jonka lähettyvillä sijaitsi työvoimatoimiston rakennus. Vasta ulko-ovella hän havahtui, kuinka paljon häntä jännitti. Häntä suorastaan tärisytti ja sormissa kihelmöi. Tällainen oli hänelle sinällään uutta, koska opiskeluaikoina hänet tunnettiin sosiaalisena, helposti lähestyttävänä ja iloisena tyyppinä. Hän oli leppoinen ja nimenomaan ei jännittänyt koskaan mitään. Hän oli rento hippi.

Oikea luokkahuone löytyi vaivattomasti. Pentin jännitys alkoi pikku hiljaa laantumaan otettuaan istumapaikan. Noin kymmenen minuutin kuluttua opettaja piti pienen esittelyn itsestään ja kertoi hieman kurssin sisällöstä ja päivien kulusta. Hän vaikutti Pentin mielestä todella mukavalta ja asialliselta, jonka kasvot olivat kummallisessa hymyssä koko puheen, mutta suusta pääsi vain konkreettista, hyvin artikuloitua asiaa.

Opettajan puheenvuoron jälkeen tuli kurssilaisten kertoa lyhyesti itsestään. Tämä tarkoitti käytännössä nimen, iän ja asuinpaikan ilmoittamista. Joukosta löytyi myös hölösuu, joka kertoi itsestään aivan liian paljon, tarpeettoman paljon. Pentti hämmästeli kurssilaisten monipuolista jakaumaa. Oli nuorta ja vanhaa, miestä ja naista ja myös ulkomaalaisia – samoin kuin aamulla bussipysäkillä.

Seuraavana aamuna bussipysäkillä oli täysin samat naamat. Jälleen sama nainen tervehti jokaista ja jäi jonkun miehen kanssa rupattelemaan säästä. Bussin saavuttua koululainen oli jälleen ensimmäisenä jonossa ja Pentti auttoi vanhusta pääsemään bussiin. Bussissa nainen ja mies juttelivat koko matkan. Pentistä oli hienoa, että joku uskalsi olla niin sosiaalinen ja avoin täysin tuntemattomille, kuten millainen hän oli joskus aikoinaan ollut.

Pentin koulupäivä meni huonosti. He opiskelivat teoriaa, joka osoittautui Pentille hyvin vaikeaksi sisäistää. Tämän vuoksi Pentin mieliala oli koko loppupäivän alla päin.

Illalla ennen nukkumaan menoa, Pentti päätti ottaa seuraavan koulupäivän tavoitteeksi pitää yllä positiivista, reipasta ja vastaanottavaista asennetta.

Aamulla Pentti heräsi reippaana, katsoi itseään peilistä hymyillen ja oli jälleen valmiina päivän haasteisiin. Teppo kummasteli Pentin reipasta ja iloista olemusta.

Bussipysäkille kävellessä Pentti ajatteli tervehtiä jokaista pysäkillä olevaa, kuten se eräs nainen. Hän lähestyi pirteänä, hymy kasvoillaan pysäkkiä, jossa alkoi tervehtiä yksitellen jokaista. Eräs Pentin ikäinen mies istui pysäkkikatoksen nurkassa ja Pentti jäi tämän viereen odottelemaan bussia.

- Onpa taas kireä pakkanen. Pentti avasi keskustelun ja otti katsekontaktin mieheen.

- Turpa kiinni. Kuului miehen tyly vastaus.

Pentti oli loppumatkan hiljaa.

Koulussa opiskeltiin taas Pentille vaikeita asioita. Vaikka Pentti tunsi turhautumista, niin hän tahtoi pitää kiinni itselleen tekemästään lupauksesta ja ainakin yrittää kovasti ja pyrkiä kulkemaan päivä läpi iloisella, hyvällä meiningillä.
Mutta mitä pidemmäksi koulupäivä eteni, sitä

enemmän Pentti väänsi väkisin hymyä.

Lannistunut, kolean yksinäinen olo ryntäsi päälle.

Koulun jälkeen Pentti päätti mennä kaupan kautta kotiin. Hänen teki mieli olutta, mutta seuraavana päivänä olisi jälleen koulua.
Ostoskoriin valikoitui kaksi makaronilaatikkoa valmisateriana. Alkoholihyllyt hän kiersi kaukaa. Hän valitsi kassan, jossa huomasi tutun neidon olevan jälleen töissä. Hänelle Pentti oli halunnut jo pidemmän aikaa jutella ja tehdä tämän kanssa tuttavuutta. Pentti asetteli ostokset liukuhihnalle ja asteli hymyillen kassaneidin eteen.

- Moi. Miten menee? Pentti kysyi itseluottamusta uhkuen.

Kassaneiti vilkaisi tuimasti Penttiä ja painoi pään alas. Neidistä oli aistittavissa hämmennys ja epämukava olo. Penttiä alkoi nolostuttaa ja hän tunsi, kuinka kasvot alkoivat lämmetä. Hän otti vaihtorahat ilman katsekontaktia ja lähti vauhdilla, mutta pysähtyi kaupan ovensuulla ja kääntyi takaisin kauppaan. Ostoskori täyttyi nyt oluista, jotka hän kävi maksamassa toisella kassalla.
Pentin hymy oli kokonaan pyyhitty kasvoilta, eikä iloisuudesta ollut enää tietoakaan. Positiivinen

energia oli nyt vain muisto, josta tuntui olevan ikuisuus. Apaattinen, melankolinen *minä* oli ottanut tutun roolinsa. Ahdistunut, surullinen, miltei vihainen mieliala oli se normaalitila, johon Pentti oli tottunut. Hän ajatteli, ettei asialle ehkä edes ollut mitään tehtävissä. Ehkä hänet yksinkertaisesti oli luotu sellaiseksi, se oli hänen kohtalo – halusi tai ei.

Seuraavana aamuna Pentin herätyskello ei soinut. Teppo ihmetteli aamulla, miksi Pentti oli jäänyt kotiin ja säntäsi Pentin huoneeseen.

- Pentti!

Pentti säikähti hereille. Huoneessa oli tunkkainen alkoholin lemu. Työpöydällä, jossa makoili talviaiheinen maalaus, oli oluttölkkien peitossa.

- Ootko kipeä? Ei mitään hätää. Keitän teetä, ja...

- En ole. Pentti keskeytti.

- Mikset sitten lähtenyt kouluun? Teppo kysyi suorastaan vihaisesti.

- En tiedä.

- Et tiedä?

- Voisitko mennä pois?

- Kävikö jotain? Uhkailtiinko sua?

- Mitä?

- Sano vaan ketkä? Tepon ilme pysyi vakavana.

- Lähde nyt vaan... anna mun nukkua.

- Jaa, vedit itsesi taas solmuun. Teppo sanoi hiljaisella äänellä, josta oli kuultavissa pettymys.

Pentti käänsi kylkeä ja sulki silmät.

- Jäikö olutta? Teppo kysyi lähtiessään huoneesta.

Pentti ei vastannut.

- No käyn pölli... ostamassa. Teppo jatkoi ja sulki oven.

Pentti kömpi ylös sängystä kellon ollessa kaksi päivällä. Oli pilvinen, synkkä päivä. Pakkasta oli muutaman asteen verran. Hän meni suoraan jääkaapille, josta otti aamupalaksi oluen ja päätti mennä hetkeksi ulos, ihan vain etupihalle ottamaan hieman happea. Teppo istui kuulokkeet päässä tietokoneellaan.

Pentti asteli etupihalla olevalle grillauspaikalle, jonka vieressä oli lapsi kiikkumassa ja hieman kauempana oli hänen äitinsä puhelimessa, joka ei huomannut Pentin tuloa.

- Tulehan tänne! Äiti kutsui lastaan nähtyään Pentin istuskelemassa kiikkujen vieressä.

- Luuletko, että olen jotenkin vaarallinen? Pentti kysyi pahastuneena.

- Ei, en minä sitä. Kuului äidin varovainen vastaus.

- Vaikka näytän tältä, niin ei se automaattisesti minusta mitään uhkaa tee!

Äiti ja lapsi lähtivät kävelemään poispäin.

- Miksi asutte täällä, jos naapurit pelottaa? Pentti jatkoi hieman kovemmalla äänellä.

- Aivan, ei teillä ole varaa asua muualla... mutta varaa on hankkia lapsia! Katso, tältä näyttää sun tulevaisuus! Pentti huusi lapselle ja osoitti itseään kädellä kaataen samalla hieman olutta housuilleen.

Äiti ja lapsi hävisivät pihalta rappukäytävään.

- Ketään ei kiinnosta! Pentti huusi nyt lähes suoraa kurkkua.

- Kukaan ei välitä kenestäkään!

Pentti singahti pystyyn ja huomasi sykkeen olevan erittäin korkealla. Hän tasasi hengitystään, otti ison kulauksen oluesta ja katseli häntä ympäröiviä ikkunoita. Oli aavemaisen hiljaista. Nurkan takaa kurkisti kissa.

Pentti palasi kotiin, otti jääkaapista oluen ja liittyi Tepon seuraan olohuoneeseen.

- En tiedä miten pääsen pois tästä kuopasta. Pentti sanoi harmistuneena.

- Mistä kuopasta? Teppo kysyi ja katsoi lattiaa.

- Oon täys luuseri. Pentti totesi surullisena.

- Niin, no...

- En saa mitään aikaiseksi!

Teppo vakavoitui ymmärrettyään Pentin olleen aidosti harmissaan.

- No huomenna taas takaisin kokkailemaan! Kyllä se siitä!

- Joo...

- Niin sitä pitää!

Teppo läimäisi Penttiä selkään juuri kun hän oli ottamassa kulausta oluesta, jolloin olutta lensi taas Pentin housuille.

Seuraavana aamuna herätyskello ei soinut.

Oli aurinkoinen pakkaspäivä. Pentti nukkui ja
Teppo yritti keksiä tekemistä tylsyyteensä. Hän
päätti soittaa Makelle.

- Make, mennäänkö tänään testaamaan kaukaloa?

- Mennään vaan.

- Käy hakemassa kamppeet ja nähdään kaukalolla.

Teppo oli kaukalon edustalla odottelemassa
Makea ja katseli käynnissä olevaa
jääkiekkomatsia.

- Pääseekö mukaan? Teppo huuteli kaukaloon.

Tepon kyselyyn ei reagoitu. Kohta Make saapui
paikalle.

- Oletteko valmiina? Saatte pari vahvistusta!
Teppo huusi ja säntäsi innoissaan jäälle.

- Hei, mitä sä teet? Kuului erään pelaajan
hämmentynyt ääni.

Kaikki lopettivat pelaamisen ja katselivat kuinka
Teppo temmelsi lenkkareissa kaukalossa.

- Kiekko vapaana! Teppo huudahti ja taklasi yhden kentällä olleen pelaajan voimakkaasti kaukalon laitaan siten, että hänellä kesti pitkään nousta jään pinnasta ylös.

Tämän jälkeen Teppo nappasi kiekon ja laukoi sen reilusti yli kaukalon laidan ja kaatui samalla kyljelleen.

- Hyvä yritys! Make huusi kauempaa, jolla oli vaikeuksia pysyä kengillään edes pystyssä kaukalossa.

Teppo nousi ja huomasi, kuinka joukko jääkiekkovarusteissa olevia tyyppejä tuijotti häntä.

- Mitkä jaot? Teppo kysyi ja lähti spurttaamaan uudestaan hetkeä sitten taklaamaansa pelaajaa kohti, joka luisteli äkkiä karkuun.

- Huomaatteko, ettei pelata tossupalloa? Yksi kentällä olleesta kysyi melko kiihtyneessä olotilassa.

- Pitäisikö meidän lähteä? Make kysyi Tepolta.

- No okei, mutta antakaa laukoa vielä kerran? Teppo pyysi ja joku heitti hänelle kiekon.

- Katsokaas tämä.

Teppo asetteli kiekon suunnilleen kentän keskelle ja veti upealla, räjähtävällä lämärillä kiekon maalin ylänurkkaan.

Teppo ja Make lähtivät paikalta hämmentyneiden katseiden ympäröiminä.

Teppo paukahti kotinsa eteiseen ja asetteli mailan nojaamaan seinää vasten ja ripusti märät vaatteensa pitkin asuntoa kuivumaan.

- Kävittekö lätkimässä kiekkoa? Pentti kysyi nähtyään Tepon.

- Pikaisesti. Siellä oli jotkut amatöörit pelailemassa, niin ei jääty. Teppo vastasi ja hävisi huoneeseensa.

Teppo käynnisti tietokoneensa ja istahti täpinöissään sen äärelle. Hän oli aktiivinen jäsen eräällä netin asefoorumilla eli aseisiin keskittyneellä keskustelupalstalla. Hän navigoi sivuston valikosta: *Yksityisviestit.*

Karl-Gerät: *Haloo sotilas*

LähiöLeijona: *Iltaa. Mitä mies?*

Karl-Gerät: *Veli taas varmaan narkkaa, minä kännissä. Onko kivääristä kuulunut?*

LähiöLeijona: *Ei. Kenraali69 pitää radiohiljaisuutta...*

Karl-Gerät: *Voi perse*

Karl-Gerät: *Rotta!!11*

LähiöLeijona: *Älä hätiköi, ilmoittelen sulle kyllä heti*

Karl-Gerät: *Tattista*

LähiöLeijona: *Lepo!*

Pentti oli valmistanut illallista ja he kokoontuivat ruokailemaan yhdessä keittiöön.

- Muistatko, kun lapsina lasketeltiin lähimarketin minisuksilla mäkeä? Pentti kysyi.

- Muistan. Teppo vastasi ruoka suussa.

- Se omistautuneisuus siihen, että tehdään oma laskettelukeskus oli mielettömän hienoa! Ja se luottamus, että ne punaiset muoviset sukset, jotka kiristetään kengän päältä pienellä nauhalla pysyvät jalassa useat kymmenet hypyt ja temput...

- Oli vakuuttava temppurata! Teppo sanoi ruokaa lentäen suusta.

- Se on sääli, että vähenevissä määrin näkee lapsia ulkona leikkimässä. Vaikuttaa siltä, että vuosi vuodelta vähenee ja varsinkin talvella ulkona on kovin hiljaista.

- Tuo on täysin totta.

- No joo, ensilumen tultua käydään laskemassa mäkeä, mutta nopeasti se alkuinnostuksen jälkeen hiljenee...

- Tuo on täysin totta.

Teppo pyyhki sotkemaansa pöytää paidallaan. Pentti jäi miettimään, että millaista olisi innostua jostain asiasta niin palavasti, kuten lapsena lasketteluleikeistä. Tosin, juuri vastikään kokin koulutus häntä innostutti, mutta luovutti sen suhteen jo heti alkuun. Riittämättömyyden valtavan painava tunne oli taas musertanut hänet maanrakoon. *Mistä saisin rohkeutta yrittää? Miten kasvattaisin mielen lujuutta? Miksi luovutan niin helposti? Miten rakennan itsestäni kelvollisen? Haluan irtaantua epätoivosta. Haluan olla vahva! Hyväksytty! Rakastettu!*

- Pentti?

Pentti ikään kuin palasi takaisin maan pinnalle ja käänsi katseensa Teppoon.

- Mitä?

- Niin, että kiitos ruuasta. Oli ihan syötävän makuista... tällä kertaa.

Pentti nyökkäsi iloisesti ja siirtyi tiskaamaan ajatusten yhä kierrellen mielessä.

Pentti nukkui koiranunta ja heräsi ennen auringonnousua. Hän meni keittiöön ja katsoi hetken mietteliäänä kahvinkeitintä, mutta siirtyikin niin sanotulle huumekätkölleen, joka sijaitsi olohuoneen lipastossa. Sieltä hän nappasi purkin, heitti pillerin suuhunsa ja kävi sohvalle. Pentin olo muuttui hetki hetkeltä levollisemmaksi ja kohta hän vaipui syvään uneen.

Pentti näki unta, jossa hän pakoili lähiön kaduilla ihmisiä. Jokainen lähiön asukas jostain syystä jahtasi häntä ja hänen tuli nyt pysytellä jokaiselta piilossa ja tarvittaessa juosta karkuun. Hän pysytteli pitkään erään kerrostalon parvekkeen alla, kunnes nurkan takaa ilmestyi iso tumma hahmo, kasvoton ja nuhjuinen. Pentti ampaisi juoksuun, mutta unessa se tuntui matelemiselta. Jokainen askel tuntui hyvin raskaalta ja hitaalta ja hän pelkäsi, että hahmo saavuttaisi hänet hetkenä minä hyvänsä. Tilanne oli hermoja raastava, ahdistava, hikoiluttava ja vieras. Pentti halusi herätä, muttei kyennyt. *Herää! Avaa silmät!* Pentti käskytti itseään. Hetken päästä tilanne rauhoittui. Hahmo ei enää jahdannut häntä, eikä ympärillä näkynyt ketään. Hän seisoi keskellä kaupan parkkipaikkaa, josta oli joka suuntaan avoimet näkymät. Yhtäkkiä joka puolelta vyöryi ihmisiä, aivan jokaisesta ilmansuunnasta. He piirittivät Pentin, joka ei enää pystynyt lähtemään karkuun. Kohta he ikään kuin syöksyivät samanaikaisesti Pentin kimppuun.

Teppo löysi vaikeroivan, hiestä märän Pentin ja ravisti hänet hereille.

- Ei! Hengästynyt Pentti karjaisi ja katseli hätääntyneenä ympärilleen.

Teppo läimäytti häntä kovaa vasemmalle poskelle.

- Rauhoitu!

Pentti nousi istumaan ja pyyhki kasvoiltaan hikeä paitaansa.

- Näin ihan hirveää unta.

- Et kai? Teppo irvaili ja lähti keittämään kahvia.

Penttiä heikotti, eikä hän muistanut milloin oli viimeksi syönyt.

- Onko meillä ruokaa? Pentti kysyi räkäisellä äänellä.

- Ei! Kuului Tepon vastaus keittiöstä.

- Voitko käydä kaupassa?

- No pakkohan se on!

Teppo lähti penkomaan eteisen vaatekaappia.

- Oletko nähnyt mun kommandopipoa?

- Mitä?

- Missä se on?

- Ota lipastosta rahaa.

- Rahaa? No okei.

- Ota se vitonen. Se riittää.

- Vitonen riittää? Kaljaan menee jo parikymppiä ainakin!

- Ei joka päivä tarvi juoda kaljaa.

- No ei joka päivä tarvi vetää huumeita!

Tepon saavuttua kauppareissultaan, Pentti ja Make juttelivat olohuoneessa. Teppo morjesti, mutta kaksikon keskustelu kävi niin kiivaana, etteivät he huomioineet häntä. Muutamien minuuttien päästä kuului ovikello, jolloin Pentin ja Maken keskustelu keskeytyi.

- Kuka se voi olla? Pentti kummasteli ja lähti avaamaan ovea.

Pentin yllätykseksi oven takana seisoi Teppo, jonka vaatteet olivat sieltä täältä hieman lumiset.

- Missä vaiheessa lähdit? En yhtään huomannut...

- Joo, kävin vaan tuossa pihalla. Teppo keskeytti.

Make oli aivan ällikällä lyöty nähdessään Tepon.

- Etkö juuri vähän aikaa sitten mennyt parvekkeelle?

- Joo kävin sielläkin. Teppo vastasi pikaisesti ja sulkeutui huoneeseensa.

Pentti ja Make menivät parvekkeelle ja kurkistivat kaiteen yli. Alhaalla lumihangessa oli selvästi jonkinlaisesta myllerryksestä jääneitä jälkiä.

- Hetkinen... Pentti mutisi ja lähti Tepon huoneen oven taakse.

- Teppo, hyppäsitkö parvekkeelta? Vai putositko?

Pentti raotti ovea. Teppo ei reagoinut, vaan istui tyynesti selkä ovelle päin tietokoneella.

- Hei?

Pentti pidätteli naurua. Make nauroi ääneti hihaansa.

- No en hypännyt! Teppo raivostui ja nousi sulkemaan oven.

- No putositko? Pentti kysyi ja repesi nauruun, johon Make yhtyi.

Miehet hekottelivat aikansa olohuoneen sohvalla.

- Miten ihmeessä? Make sai sanotuksi ja miehet repesivät uudelleen nauruun.

- Ihme, ettei käynyt mitään. Pentti totesi.

Hetken kuluttua miehet kävivät vielä koputtelemassa Tepon huoneen ovea, saamatta minkäänlaista vastausta.

Make ilmoitti lähtevänsä käymään äidillään, koska ei ollut saanut häneen jo toista päivää yhteyttä.

Ulkona Make vielä soitti äidilleen, mutta puhelu meni jälleen kerran vastaajaan. Hänestä alkoi tuntua, että jotain oli vialla. Askelten tahti kiihtyi kiihtymistään. Vaikka matkaa oli vain muutaman korttelin verran, tuntui se Makesta ikuisuudelta. Mitä lähemmäs määränpää tuli, sitä voimakkaammin paniikki iski päälle. Äitinsä ovella Make soitti ovikelloa niin monesti, ettei hän pysynyt laskuissa ja vielä koputti muutaman kerran siihen päälle.
Kohta ovi avautui rakosilleen ja sieltä kurkistivat rähjääntyneet kasvot. Tupakan savu hiipi rappukäytävään.

- Make, mitä sinä täällä melskaat? Äiti kysyi käheällä äänellä.

- En ole saanut suhun yhteyttä.

- No mulla on täällä seuraa! Voitko lähteä pois?

Makelle tämä ei tullut mitenkään yllätyksenä. Ainoana erona, että yhteydenpito puhelimitse oli aina aikaisemmin onnistunut.

- Okei. No soitatko myöhemmin, että kaikki on hyvin?

- Soitan, soitan. Heippa!

Äiti läimäisi oven kiinni. Make saattoi haistaa tupakan lisäksi alkoholin. Hän päätti lähteä takaisin Tepolle ja Pentille, koska kotona olisi jälleen tappavan yksinäistä.

Pentti ja Make katsoivat olohuoneessa telkkaria, kun Teppo lopetti mökötyksensä huoneessaan ja liittyi heidän seuraan.

- Mitäs roskaa täällä katsellaan? Teppo kysyi ja rysähti nojatuoliin.

Pentti ja Make hymähtivät.

- Onko kaljaa? Teppo kysyi.

- Ei. Pentti vastasi nopeasti.

- No taasko olet juonut kaikki? Ei saatana!

Teppo lähti eteiseen pukeutumaan ja kohta ovi pamahti kiinni.

- Tepolla ei kyllä rahaa taida olla... Pentti sanoi Makelle, joka repesi nauruun.

- Hei, muistatko pienenä kun pöllittiin lautoja rakennustyömaalta ja kannettiin ne metsään, johon rakennettiin maja? Pentti kysyi.

- Se meni melkein mökistä! Make vastasi innostuneesti.

- No jep. Pentti naurahti.

- Ne olivat hyviä aikoja. Kaikki oli niin paljon yksinkertaisempaa.

- Niin. Nyt kaikki on vaan... en tiedä... tyhjää.

- Joo.

- Ei vaan koskaan ole uskaltanut tehdä elämällään mitään. Pentti sanoi surullisella äänellä.

- Uskaltanut?

- No oletko sinä?

Make kallisti päätään mietteliäänä alas.

- Taidat olla oikeassa.

- Hei, ota vaan lipastosta mitä haluat. Pentti ilmoitti ja katsoi Makea lempeästi, joka hymyili ja meni lipastolle.

Illalla kolmikko rupatteli telkkarin äärellä. Jossain vaiheessa keskustelu kääntyi Veijoon.

- Kerran hän roikotti yhtä huumevelallista parvekkeen kaiteen yli. Tietysti pää alaspäin ja suu oli teipattu, jottei naapurit kuulisi. Make kertoi.

- Voi Veijo, Veijo... Teppo myhäili.

- Onhan siellä revitty kynsiä irti ja osoitettu aseella ja poltettu ihoa...

- Onko sulle tehty mitään? Pentti keskeytti Maken.

- Ei. Make vastasi epäilyttävän nopeasti.

- Mahtava tyyppi! Teppo huudahti.

- Mahtava? Pentti katsoi Teppoa halveksuen.

- No sillai oudolla tavalla... kuten leffoissa. Veijo on oikean elämän leffapahis!

- Psykopaatti hän on.

Illan ja päihtymisen edetessä keskustelut kävivät kiivaana ja keskustelujen aiheet vaihtelivat lennosta.

- Maailmassa valitetaan ympäristötuhoa ja köyhyyttä, mutta samaan aikaan täytyisi tulla veronmaksajia ja kannustetaan perheenlisäyksiin. Mitenkäs tämä ristiriita selvitetään? Ei mitenkään. Pentti selitti.

Teppo ja Make kuuntelivat keskittyneesti Pentin luennointia.

- Ymmärrättekö, kuinka merkityksettömiä oliota olemme? Minä, te, me kaikki! Elämme vain löytääksemme jonkinlaista merkitystä olemassaoloomme ja onnekkaita ovat he, jotka ovat *sitä* löytäneet. Oli *se* sitten mitä tahansa. En usko, että tulen koskaan löytämään mitään tarpeeksi tyydyttävää tähän eksistentiaaliseen ahdistukseen. Toisaalta mitä sitten? Mitä väliä sillä on?

- Sä se sitten olet kyyninen! Make huudahti.

- Tottahan se on!

- Pentti on sinänsä oikeassa, että ollaan vain laji muiden lukuisten lajien joukossa. Maapallo ei meitä tarvitse. Teppo kommentoi.

- Molemmat niin kyynisiä, että masentaa... Make sanoi hiljaa.

- Mutta kyllä täältä merkitystä löytää! Teppo vielä jatkoi.

Pentti lähti huoneeseensa nukkumaan. Teppo ja Make jatkoivat jutustelua ja juopottelua.

Pentti heräsi äkillisesti joskus aamun pikkutunteina. Hän liikkui pökerryksissä äänien perässä kurkistamaan huoneensa ovenraosta olohuoneeseen, jossa kaksi hahmoa oli joko aloittamassa tappelua tai tanssia ja kohta he joko tappelivat tai tanssivat. Musiikki oli lujalla. Jotain epämääräisiä sanoja, kappaleen sanoihin liittymättömiä sellaisia taustalta kuului, mutta Pentti oli liian tokkuraisessa ja sekavassa tilassa tehdäkseen muuta kuin palata takaisin sänkyynsä. Jalat saivat juuri ja juuri otettua oikeat askeleet ennen vartalon rysähtämistä, jolloin pää iskeytyi tyynyyn. Pentti vetäisi vielä peiton niin korkealle, että se haittasi hänen hengitystään.

Aamulla Teppo heräsi Pentin kakomiseen ja lähti tarkastamaan tilannetta.

- Oksensitko taas? Teppo härnäsi.

Pentti kääntyi hikisenä ja kalpeana sulkemaan kylpyhuoneen oven, josta Teppo jatkoi keittiöön. Hän huomasi ikkunan läpi pihalta tulevan savua ja meni lähemmäs katsomaan. Pihalla tönötti pieni savuava pallogrilli, jonka ympärillä jutusti viisi henkilöä. Teppo tunnisti heistä jokaisen kasvoiltaan ja osalle hän oli joskus jutellut. Pentti ja Make tunsivat heidät paremmin.

- Hei Pentti? Teppo huudahti.

Pentti asteli kylpyhuoneesta hitaasti Tepon viereen.

- Miksi nämä sankarit ovat täällä? Teppo kysyi.

- Siis grillaavatko he? Pentti ihmetteli ja työnsi kasvot lähemmäs ikkunaa.

- Jep.

- Eikö ulkona ole reilusti pakkasta?

- Miinus kuusitoista näyttäisi olevan.

- Ihme tyyppejä...

- Mutta miksi täällä meidän pihalla?

- En minä tiedä. Onhan tuossa nyt kuitenkin ihan hyvä alue... penkit ja roskikset.

- Ei sitten tuo leikkipuisto nyt talvella kelpaa, jossa kesällä vähän väliin lemuaa tuo saastainen grilli!

Teppo lähti parvekkeelle ja ryhtyi haukkumaan ja murisemaan, kuten koira. Pentti tuli perässä.

- Mitä sä teet?

- No yritän saada nämä lähtemään pois!

- Leikkimällä koiraa?

- Haukkuvat koirat ovat rasittavia.

Pentti siirtyi nauraen huoneeseensa ja ihmetteli, ettei Make ollut heillä. Teppo jatkoi koiran imitointia parvekkeella. Pihan tyypit olivat hämmentyneitä, koska eivät nähneet koiraa, mutta näkivät Tepon parvekkeella.

Maken kävellessä äidilleen, hänen ajatuksensa ja muistonsa heräsivät. Ne olivat terävät ja kirkkaat. Hän ei edes tunnistanut sitä tunnetta ja olotilaa. Hän ajatteli, että olivatko kaikki nämä hänen traumansa oikeastaan myös hänen äitinsä traumoja? Äitiin kohdistuneet teot ovat jossain aivojen lokeroissa piilossa, eivätkä nämä muistot millään halunneet tulla sieltä esiin. Mutta Make muisti jotain. Hän muisti ne kummalliset, epämääräiset huudot ja vaikeroinnin. Ja ne kiljahdukset, jotka vain toistuivat ja toistuivat. Pelkoa ei enää ollut, koska se oli turtunutta kauhua, epätoivoa. Pelko oli niin ylitsepääsemättömän suurta, ettei vain yksinkertaisesti ollut mitään muuta tehtävissä, kuin vain toivoa sen loppumista, kuvitella hyviä ja kauniita asioita ja haaveilla – kunnes oli täysin hiljaista.

- Ei! Lopeta! Make huudahti ja pyyhkäisi kämmenellään kasvoilleen vuodattamansa kyyneleet.

Make huomasi kadun toisella puolella nuoren naisen, joka oli säikähtänyt hänen huutojaan.

- Ei sun tarvi mua pelätä!

Tyttö lähti hölkkäämään.

- Älä pelkää! Älä ikinä pelkää! Make vielä huusi perään ja jatkoi matkaa.

Make odotti äitinsä oven takana niin pitkään, että alkoi rummuttaa ovea. Kohta ovi avautui ja Maken äidin puolikkaat kasvot puskivat käytävälle. Make repäisi oven kunnolla auki, jolloin äidin mustelmilla ja ruhjeilla ollut keho paljastui. Make ei tiennyt mitä sanoa. Hänet valtasi viha.

- Missä se on? Make sai kohta kysytyksi ja marssi sisälle asuntoon.

- Make, ei täällä ole ketään.

Make kiersi kiihdyksissä koko asunnon ja palasi sitten eteiseen, jossa Maken äiti seisoi vieläkin samassa paikassa.

- Missä? Make kysyi vakavana.

- Anna olla!

Make nyökytteli pelonsekaisella katseella ja lähti.

Teppo päätti lähteä kauppaan palauttamaan kaljatölkkejä, joita oli kertynyt jätesäkillisen verran. Keli oli painunut plussan puolelle ja oli erittäin sumuista. Kävelytiet olivat märkiä ja täynnä soraa. Ilma haisi märälle koiralle.

Tepon ohi kulki koululaisia, joiden koulupäivä oli päättynyt. Hän jäi katsomaan tilannetta, jossa pieni tyttö kiukutteli isälleen. Tyttö piti hieman etäisyyttä isäänsä ja yhtäkkiä pinkaisi karkuun vieressä olevaan metsikköön, josta pääsi kulkemaan kerrostalojen pihoille. Jostain syystä tytön isä ei kiirehtinyt perään, vaan löntysteli turhautuneena loskaista ja puoliksi mutaista polkua, seuraten tytön jättämiä jälkiä.

Seuraavana päivänä uutisissa kerrottiin kadonneesta alakouluikäisestä tytöstä. Teppo tiesi heti, että kyseessä oli hänen todistama tapaus. Uutisesta varmistui heidän lähiö ja siellä sijaitseva koulu. Tapaus sai Tepon pohtimaan asiaa. *Oliko jotain suurempaa voinut olla taustalla? Miksi tyttö oli kiukkuinen? Oliko käyttäytyminen päivittäistä? Ehkä tyttöä kiusataan? Entä jos häntä kohdellaan kaltoin kotona? Pahoinpidellään? Mitä jos tyttö teki itselleen jotain? Löytääkö hän apua? Saako hän tarvitsemaansa apua? Välittääkö kukaan?*

- Pentti?

- No?

- Näin kun tämä tyttö juoksi karkuun.

- Milloin?

- Eilen matkalla kauppaan. Siinä Pikku-Metsän kohdalla.

- Toivottavasti löytyy pian.

- Elossa.

- Miksi edes sanot noin? Totta kai elossa!

Teppo oli silminnähden surullinen.

- Mä lähden kävelylle. Teppo ilmoitti oltuaan hetken hiljaa.

- Okei. Aika surkea keli... Pentti vastasi, mutta tajusi samalla Tepon lähtevän etsimään kadonnutta tyttöä.

- Tai mikäs siinä. Vähän raitista ilmaa! Pentti jatkoi nopeasti, ennen kuin Teppo ehti sanoa mitään.

Muutaman tunnin kuluttua Pentin puhelin soi. Soittajana oli Teppo.

- Haloo?

- Tule Koloon?

- Voisihan sitä. Kuulitko jo, että se tyttö löytyi?

- Joo! Voidaan juoda sille!

- Lähden tulemaan.

Kolo-baarissa oli tuttuun tapaan paljon ihmisiä, joista lähes jokainen oli lähiöstä. Aina silloin tällöin baarissa oli kolmikolle tuntemattomia ihmisiä ja varsinkin Pentti ja Make päätyivät usein illan mittaan jutustelemaan uusien ihmisten kanssa.

Makella oli kyky tulla heti uusien ihmisten kanssa toimeen, Pentillä juttu luisti vain humalassa ja Teppoa ei suuremmin uudet tuttavuudet kiinnostaneet. Toisinaan Teppo saattoi ajautua keskusteluun aseista tai muusta sotimiseen liittyvästä aiheesta.

Pentin astuttua baariin, hän huomasi Tepon ja Maken istuvan pöydässä kahden tuntemattoman henkilön kanssa.

- Pentti! Teppo huusi outo leveä hymy kasvoillaan.

Pentin lähestyessä seuruetta, nämä Pentille tuntemattomat henkilöt nousivat esittäytymään.

- Eli Janna on LähiöLeijona ja Iida on legenda ite, Kenraali69! Muistatko Pentti? Teppo kysyi naisten käteltyä.

- Okei, joo. Pentti vastasi ja survoi itsensä istumaan ahtaalle sohvalle Tepon viereen.

- Oikein naapurikaupungista asti tulleet tänne meidän villiin länteen! Teppo ilmoitti iloisesti.

- Mikä teidät tänne toi? Pentti kysyi.

- Teppo osti multa aseen kokoelmaansa ja sovittiin pitkästä aikaa tällainen tapaaminen. Iida vastasi.

- Vai sellasta.

Make katseli vainoharhaisesti ympärilleen, koska ajatteli seurueen puhuvan turhan kovalla äänellä.

- Tuli siis todella äkkiä tämä eli ihan tässä muutama tunti sitten vasta sovittiin ja lähdettiin melkein heti matkaan. Iida jatkoi.

- Jotenkin sopivaan rakoon osui mullekin tämä. Janna sanoi lähtiessään baarin edustalle tupakoimaan.

- Otatko oluen? Iida kysyi Pentiltä.

- Ei sulla mulle tarvi...

- Ei, kyllä mä voin! Veljesi rahat. Iida nauroi.

- No miksei. Kiitti.

Pentti jätti seurueen ensimmäisenä. Kävellessään kotiin, hänen ajatuksensa kääntyivät synkiksi. *Tällaistako koko elämäni tulee olemaan? Mitä järkeä tässä on? Mitä järkeä elämässä on? Miksi en pääse eteenpäin? Mitä teen? En osaa. En uskalla. En halua. En kelpaa.* Pentti kiihdytti vauhtia, jotta pääsisi mahdollisimman nopeasti huumekätkölleen ja pakenemaan ajatuksiaan. Rappukäytävän edessä hän näki kissan, jota ei saanut napattua syliinsä.

- En jaksa tätä enää... Pentti sanoi hengästyneenä itselleen päästyään käsiksi huumeisiin.

Hän yritti vielä saada housujaan pois, muttei siinä onnistunut ja sammui housut nilkoissa sänkyynsä.

Seuraavana baarista lähti Teppo. Hän ihasteli lähiön korkeita taloja ja niiden töhrittyjä seiniä, puita ja pensaita ja niiden ihmeellisiä muotoja. Hän kiinnitti huomiota autoihin ja tiekyltteihin ja jopa sellaisiin pieniin yksityiskohtiin, joihin hän ei tavallisesti kiinnittäisi mitään huomiota. Hän katsoi hetken taivasta ja muisteli hyviä menneitä aikoja, lämpimiä ja värikkäitä – niitä, jotka täyttivät sielun ilolla. Hän rakasti jokaista askelta kohti kotia, mutta hämmästeli pirtsakkaa ja hyväntuulista olemustaan. Niin onnelliseksi hän ei ollut tuntenut itseään vuosiin ja se sai hänet suorastaan hämilleen. *Huumasiko joku minut? Ei ihme, että velikulta käyttää aineita! Elämä on ihanaa! Kaikki on hyvin! Ei mitään hätää!*

- Elämä on kaunista! Teppo huusi kadut kaikuen.

- Hei, turpa kiinni siellä! Kuului miesääni mistä lie kauempaa.

Kotona hän kirjoitti vielä ennen nukkumaan menoa asefoorumille viestin, jossa kertoi uudesta hankinnastaan ja kiitti kavereitaan seurasta ja mukavasta päivästä.

Make lähti baarista vasta valomerkin jälkeen. Hän yritti viimeiseen asti viekoitella Jannaa ja Iidaa luokseen, mutta naiset lähtivät omille teilleen. Hän myös soitteli aamuyöstä veljeksille, koska olisi vielä halunnut jatkaa juhlimista. Kumpikaan ei vastannut, koska olivat jo unten mailla. Hän tajusi kotiinsa päästyään, että oli baarissa tarjonnut useita kierroksia juomia eli toisin sanoen rahat oli törsätty. Taas.

- Ei voi mitään... eteenpäin. Make mutisi sängyssään juuri ennen nukahtamista ja haaveili Jannasta ja Iidasta.

- Ei voi mitään.

Make heräsi nälkään, mutta hänellä ei ollut ruokaa, eikä rahaa. Hän mietti vaihtoehtojaan, joita hän keksi neljä: *myy jotain, lähde veljeksille, lähde äidille, pölli kaupasta.* Mitään myytävää hän ei keksinyt, eikä varastaminen ollut hänestä millään tavalla järkevää tai eettistä, joten oli turvauduttava läheisiin. Äidin touhuihin hän oli lopen kyllästynyt, joten jäljelle jäi veljekset. Hän oletti, että heillä olisi edes jotain syötävää. Mitä luultavimmin joko kaupan halvinta uunimakkaraa tai makaronilaatikkoa, mutta todennäköisesti ainakin olutta, jossei muuta.

Juuri kun Make oli lähdössä asunnoltaan, hänen puhelimeensa tuli tekstiviesti Jannalta, jossa hän kiitti Makea tarjotuista juomista. Makea tekstiviesti ilahdutti suuresti, koska hän hieman ihastui häneen ja voisiko olla, että Jannakin oli ihastunut Makeen? *Mitä minä vastaan? Uskaltaisiko kutsua treffeille? Onko hän vain kohtelias vai pitääkö hän oikeasti minusta? Kuka tällaisesta köyhästä tykkäisi?* Make päätti vielä miettiä vastausta ja lähti kävelemään veljeksille.

Veljeksillä oli kuin olikin ruokaa, nimittäin uunimakkaraa ja siihen kylkeen löytyi myös olutta. Make ei voinut tuntea kuin kiitollisuutta, että hänellä oli niin hyvät ystävät.

- Ootte kyllä ihan parhaita. Liian harvoin tulee sanottua... kiitos! Make sanoi Pentin annettua lautasen, jossa oli makkaraa ja sinappia.

- Hei, lopeta tollainen. Sä oot kuin veli meille. Kyllähän sä sen tiedät. Pentti vastasi Makelle, joka oli hieman liikuttuneessa tilassa.

- Mennäänkö katsomaan korista? Sinne on tänään ilmainen sisäänpääsy. Make kysyi suupielet sinapissa.

- Aijaa. Ehkä ilmaiseksi voisikin. Pentti pohti.

- Mennään vaan. Onhan siitä jo vuosia, kun viimeksi siellä tuli käytyä. Teppo totesi.

- Voisin salakuljettaa taskumatin katsomoon. Konjakkia on juuri sopivasti siihen. Teppo jatkoi.

- Siitä vaan. Pentti naurahti.

Illan saavuttua miehet suuntasivat lähellä olevalle urheilutalolle, jossa oli pelattu pääsarjatason koripalloa jo vuosikymmeniä. Kaupunki ja varsinkin lähiöläiset olivat suunnattoman ylpeitä seurasta ja sen pitkästä historiasta, varsinkin kultavuosista ja legendaarisista pelaajista. Make oli nuorempana käynyt katsomassa otteluita melko säännöllisesti, mutta ajan myötä se loppui. Syynä tietenkin rahavaikeudet ja huumeet.

Makella ja Tepolla oli mukanaan seuran kannatushuivi, joita he pitivät ylpeydellä kävellessään katsomoon. Pentti ei suuremmin välittänyt lajista, mutta oli kuitenkin muiden paikallisten tapaan ylpeä seurasta ja koettuaan kannattajien villi kannustaminen katsomossa, sai tämä hurmos vallattua myös hänet.

Ottelua oli pelattu vasta hetki, kun Teppo otti salakuljettamastaan taskumatista kulauksen. Samalla hetkellä, kun hän oli laskemassa taskumattia huuliltaan takaisin povitaskuunsa, kotijoukkue teki näyttävän korin ja Teppo nousi taskumatti kädessään tuulettamaan. Tämä johti siihen, että taskumatista lensi konjakkia edessä istuvan katsojan niskaan. Teppo pahoitteli välittömästi tilannetta ja lähti hakemaan paperia, jolla kohta kuivatteli tai suorastaan hinkkasi katsojan niskaa ja pyyteli toistuvasti anteeksi tapahtunutta. Tepon onneksi katsoja ei suuttunut tilanteesta, vaan oli yllättävänkin ymmärtäväinen. Todennäköisesti hänkin oli hieman otoksissa. Sama tilanne meinasi toistua ottelun loppuhetkillä, jossa konjakkia lensi katsojien välistä lattialle.

- Levypallot! Menkää levypalloihin! Teppo huusi niin, että varmasti suurin osa yleisöstä kuuli.

Kotijoukkue otti voiton ja tunnelma oli katossa.

- Hyvä me! Teppo karjaisi vielä ottelun päätyttyä.

- Pakkohan meillä on voiton kunniaksi suunnata Koloon? Pentti kysyi.

- Totta töriset veli! Teppo sanoi ja säntäsi ulos rakennuksesta.

Teppo, Pentti ja Make heräsivät uuteen päivään ja uuteen krapulaan. Tällä kertaa he sijaitsivat Maken asunnolla, joka oli pieni ja hyvin vaatimaton yksiö. Teppo oli nukkunut sängyssä, Pentti sohvalla ja Make vieraanvaraisuuttaan lattialla.

Ulkona satoi lunta, vaikkei ollut edes pakkasta. Pentti meni haukotellen ja kasvojaan hieroen katsomaan keittiön ikkunasta ulos.

- Rasittava keli. Pentti sanoi lähes ääneti.

Teppo siirtyi vessaan ja lorotteli niin äänekkäästi vessanpöntön veteen, että koko asunto peittyi ääneen.

- Make, onko sulla kahvia? Pentti kysyi.

- On. Muttei maitoa, eikä sokeria. Make vastasi ja lopetti venyttelyt, koska lattialla nukkuminen oli saanut hänet kankeaksi.

- Se on ihan okei. Pentti ilmoitti, kun Make oli jo kahvinkeittimellään.

- Uuuii, kylläpäs helpotti! Teppo huusi tullessaan vessasta.

- Joo, kuultiin. Pentti sanoi.

Maken käsi tärisi sen verran, että kahvimitasta karisi hieman kahvinpuruja kahvinkeittimen ohi pöydälle.

- Ei mitään kahvia, kun kaljaa! Teppo huusi ja säntäsi jääkaapille.

- Ei taida enää olla. Make ilmoitti.

Tepon kasvoilta pystyi lukemaan pettymyksen.

- No keitätkö niin, että mullekin riittää tuota sun paskanmakuista kahvia? Teppo kysyi pettyneenä.

Make ja Pentti naurahtivat.

Kahvittelun jälkeen Teppo ja Pentti päättivät lähteä kotiin. Pentti antoi Makelle hieman rahaa ja muistutti vielä, että ne olivat ainoastaan ruokaan. Make oli herkistyä lähes kyyneliin, koska hän ei itse kehdannut pyytää apua ja tilanne oli epätoivoinen. Make halasi veljeksiä, jonka jälkeen rysähti puhelin kädessä sohvalle ja oli valmis, jopa innostunut vastaamaan Jannalle. *Odotinkohan liian pitkään?* Makella oli silti odotukset korkealla.

Hän lähetti Jannalle viestin, jossa pyysi häntä treffeille.

Teppo ja Pentti kävelivät pitkin lähiön hiljaisia katuja. Keli oli harmaa, joka loi kolkon tunnelman samansävyisten betonisten kerrostalojen ympärille. Jostain asunnosta kuului pariskunnan riitelyä, jossain raikui telkkarista saippuasarja, ja erään asunnon ikkunasta katseli kissa.

- Eikö tuo ole se talo, jossa paloiteltiin ruumis? Pentti kysyi ja osoitti etusormellaan erästä kerrostaloa.

- Kyllä. Ja sitä keitettiin kattilassa. Teppo vastasi.

- Aivan, niin taisi olla.

- Huhujen mukaan ihmisen lihaa tarjoiltiin pizzeriassa kinkkuna.

- Näin muistelisin. Hullua. Mutta tuskin pitää paikkansa.

- Voi pitää.

Miehet kipaisivat vielä kaupassa ja loppupäivä meni sohvalla löhöillen.

Pentti oli jo edellisenä päivänä päättänyt, mitä tekisi illalliseksi. Jääkaapissa odotti jauhelihapaketti ja pari kappaletta kahden desin kuohukermaa. Sipulia ja perunaa oli jääkaapin viereisessä kaapissa, jossa kesäisin asusteli sokerimuurahaisia. Kaapin ovi herätti muiston, kun Teppo vahingossa pamautti sillä Penttiä kasvoihin ja nenästä rupesi vuotamaan vimmatusti verta. Silloin jäi ruoka Pentin osalta laittamatta.

Pentti laittoi olohuoneesta taustamusiikkia, laittoi pannun ja kattilan valmiiksi liedelle ja ryhtyi kuorimaan perunoita. Pää nytkähteli musiikin tahtiin ja muutama laulun sanakin pääsi ilmoille. Kohta perunat olivat kiehumassa ja vuorossa oli itse kastike, johon tuli pilkottua sipulia, jauhelihaa ja kermaa, sekä mausteeksi totta kai suolaa ja mustapippuria. *Klassikko.* Hän ajatteli hymyillen.

Ruoan valmistuttua Pentti meni keskeyttämään Tepon tietokonepelailut.

- Ruoka on valmista.

- Ei ole nälkä. Teppo totesi ja jatkoi pelailua.

Pentti söi yksin keittiön pöydän ääressä, hämärässä ja uppoutuneena ajatuksiinsa.

- Onko kaljaa? Kuului Tepon huuto, joka keskeytti Pentin ruokailun ja ajatusten lennon. Pentti huokaisi syvään ja pyöritti päätään.

Illalla veljeksillä oli jälleen saunavuoro. Illan tullen miehet siirtyivät kellarin saunaosaston miesten pukuhuoneeseen ja siirtyivät sieltä ripeällä vauhdilla saunan lauteille. Teppo kirosi edellisen saunojan märäksi jättämiä lauteita. Hajukin oli hänestä iljettävä.

- Ei saatana, tänne on kustu!

- Eikä ole! Pentti totesi ärsyyntyneenä, vaikkei siitä täysin varma ollutkaan.

Teppo haisteli aikansa seinää ja löylykauhaa.

- Pitäskö meidän tässä joku päivä lähteä käymään vanhemmilla? Pentti ehdotti.

- Miksi? Teppo ei ollut uskoa kuulemaansa kysymystä.

- Eikö sulla ole edes vähän ikävä heitä?

- Eivät he meitä halua nähdä.

- En tiedä...

- No miksi he meitä haluaisivat nähdä? Miksi kukaan haluaisi? Teppo keskeytti.

Pentti ei osannut sanoa mitään. Teppo heitti jälleen kerran aivan liikaa löylyä, mutta miehet sinnittelivät hampaat irvessä lauteilla vielä muutaman minuutin, kunnes siirtyivät pikaisen suihkun kautta pukuhuoneeseen vilvoittelemaan. Pentti kieltäytyi aluksi Tepon ojentamasta oluesta, mutta Tepon halveksuva ja hieman pelottava katse sai Pentin ottamaan oluen vastaan.

- Kippis! Teppo huudahti iloisesti.

Pentti oli hiljaa.

- Kippis! Teppo huusi suoraan Pentin korvaan.

- No kippis, kippis!

Teppo kävi kertomaan ja osin tarinoimaan jotain tapahtumaa talvisodasta, joka melko pian muuttui salaliittoteoriaksi pyramideista. Pentti lähti kesken Tepon tarinoinnin takaisin löylyihin. Teppo tuli lähes saman tien perässä.

- Mitä mieltä olet naapurin rouvasta? Teppo kysyi ja röyhtäisi kovaäänisesti.

- Miksi kysyt?

- Ihan vain huvikseni...

- En ole suuremmin jutellut. Mutta ihan mukavalta hän vaikuttaa.

Teppo heitti löylyä ja jatkoi tarinointia. Tällä kertaa illuminatista. Pentti jaksoi hetken kuunnella, kunnes siirtyi suihkuun. Teppo jäi itsekseen höpöttelemään lauteille.

Kotona miehet puuhailivat huoneissaan omia juttujaan eli Pentti maalasi ja Teppo oli tietokoneellaan aina pitkälle yöhön ja nukkumaan menoon asti.

Seuraavana päivänä Make tuli jälleen veljeksille kylään ja kertoi, että oli ostanut kupongille muutaman rivin Lottoa, jonka arvonta olisi illalla.

- Nuo ovat vain veroa tyhmille, vain miten se sanonta menee... Pentti sanoi ja kysyi oliko miehillä nälkä, johon molemmat vastasivat kieltävästi.

Tepolla oli jo olut auki, vaikka kello oli viittä vaille yksitoista päivällä.

- Tänään tulee voitto! Make, mulla on vahva tunne! Teppo totesi ja hörppäsi olutta niin, että sitä valui suupielistä paidalle.

- Pääsisi ainakin maksamaan velat pois. Make sanoi.

- Vieläkö olet velkaa? Kenelle? Veijolleko vielä? Pentti hämmästeli.

- Ihan sama kun tänään tulee miljoonia! Teppo huusi innoissaan ja Make sai tilaisuuden olla vastaamatta.

Make lähti vauhdilla kylpyhuoneeseen ja toivoi, ettei Pentti kysyisi uudelleen häneltä veloista.

- Mitä tekisit, jos voittaisit miljoonan? Teppo kysyi Pentiltä.

- Varmaan lahjoittaisin hyväntekeväisyyteen.

- Mitä? Jätkä on ihan sekasin! Tätä ne huumeet teettää.

Pentti oli hiljaa.

- Mä saisin hommattua kokoelmiini harvinaisia aseita. Teppo ilmoitti.

- Totta kai myös muuta militariaa! Hän jatkoi.

Pentti nyökkäsi. Make palasi kylpyhuoneesta.

- Pitäiskö katsoa joku leffa ennen lottoarvontaa? Make kysyi.

- Vaikka. Pentti vastasi.

Tuli ilta ja oli lottoarvonnan aika. Miehet istuivat innostuneina vierekkäin, etukenossa sohvalla telkkarin edessä. Make istui lottokuponki kädessään Tepon ja Pentin välissä ja oli haljeta onnesta jo siinä vaiheessa, kun ruutuun tipahti viides oikea numero.

- Vielä kaksi! Teppo huusi.

Jäljellä oli enää kaksi lottopalloa. Niistä ensimmäinen ei osunut.

- Ei! Teppo huudahti ja linkaisi tyhjän oluttölkin seinään.

Viimeinen pallo osui, jolloin Make sai kuusi oikein.

- Jes! Make huusi ja nousi tuulettamaan.

- Kuusi oikein! Pentti iloitsi.

Teppo katseli hetken häkeltyneenä miesten juhlintaa ja nousi halaamaan Makea, joka tunsi suurta huojennusta, sillä hänellä oli nyt tarpeeksi rahaa maksaa koko velka kerralla pois ja hänen ei tarvitsisi enää elää piilossa ja jatkuvassa pelossa.

Make otti jengiin vielä samana iltana yhteyttä, kun oli lähtenyt Tepon ja Pentin luota kotiinsa. Hän sopi tapaamisen reilun viikon päähän, jolloin hänellä olisi rahat hallussaan.

Tapaamispäivänä Make laski setelit moneen kertaan ennen kuin lähti asunnoltaan. Veijo oli edelleen pidätettynä eli rahojen vastaanoton hoiti joku hänen jengiläinen, mutta kuitenkin Veijon asunnolla.

Asunnolla Make ohjattiin suoraan keittiöön, jossa Veijon apuri laski Maken antamat rahat. Kummallakin oli vakava ilme kasvoillaan. Makea hermostutti, muttei hän uskonut sen näkyvän ulospäin.

- Tämä oli tässä. Veijon apuri sanoi ja nyökkäsi luvaksi lähteä.

- Saanko pyytää teiltä yhtä palvelusta? Make kysyi yllättäen.

Veijon apurin katse muuttui miltei vihaiseksi.

- Totta kai maksua vastaan. Make jatkoi ja otti taskustaan nipun seteleitä.

Veijon apurin tuijotti hetken Makea ja osoitti sitten kädellään tuolia, pyytäen häntä istumaan pöydän ääreen.

Seuraavana päivänä Veijon apuri soitti Makelle, että tehtävä oli suoritettu ja tarkensi, että mies kuljetettiin ambulanssilla sairaalaan.

Kyseessä oli Maken äidin pahoinpitelemä mies.

Teppo ja Pentti heräsivät kylmyyteen. Asunnon lämpötila oli laskenut vain noin kymmeneen lämpöasteeseen. Miehet tarkistivat jokaisen huoneen lämpöpatterit, jotka olivat kylminä.

- Mitä ihmettä? Pentti kysyi ja katsoi ärsyyntyneenä Teppoa.

- Rotat. Teppo sanoi ja potkaisi patteria.

Pentti kävi tarkistamassa rappukäytävän lämpöpatterit, jotka olivat myös kylminä ja päättelivät koko talon olevan ilman lämmitystä. He laittoivat lämmintä päälle, keittivät kahvia ja menivät peiton alle sohvalle.

- Toivottavasti lämmöt palaavat pian. Pentti sanoi.

- Niin. Mokomat rotat! Teppo huudahti.

Lämpö palasi vasta seuraavana aamuna. Pentti tunsi itsensä vilustuneeksi, vaikka oli nukkunut monen peiton alla, eikä hänellä varsinaisesti ollut nukkuessa kylmä.

- Toivottavasti ei tule kuumetta. Pentti sanoi niiskuttaen Tepolle, joka käveli kahvikupin kanssa keittiöstä.

- Ootko kipeä? Teppo kysyi.

- Ainakin nuhainen.

- No perkule. Tehdään sulle teetä.

- Joo, kiitos.

Pentti kävi olohuoneen sohvalle pitkälleen ja Teppo meni takaisin keittiöön.

- Patterit ovat taas kuumat! Teppo huusi keittiöstä.

- Hyvä homma!

Illalla Pentille nousi kuume. Asunnon lämpötila oli palannut normaaliin lämpötilaan, mutta Pentillä oli edelleen kylmä ja hytisi peiton alla sohvalla, jossa oli loikoillut koko päivän.

- Makkarakeittoa à la Teppo. Teppo sanoi aseteltuaan kulhon ja lusikan sohvapöydälle ja poseerasi tarjoilijan elkein.

- Mitä tuossa on? Pentti kysyi.

- Juurihan sanoin. Makkarakeittoa!

- Mutta millainen makkarakeitto?

- No siinä on kasviksia ja chiliä. Se on tulista.

Pentti maistoi keittoa ja oli tukehtumaisillaan.

- No on tulista! Pentti sai sanotuksi hetken yskittyään.

- Tepon spesiaali. Teppo sanoi ylpeänä.

Pentti nosti peukun ylös ja hymyili irvokkaasti.

- Ihan huippuravintolatasoa! Teppo jatkoi.

- Sä et ole koskaan käynyt huippuravintolassa.

- Ihan sama.

Syötyään Pentti päätti siirtyä huoneeseensa nukkumaan, mutta ymmärsi matkalla sänkyynsä, ettei välttämättä saisi unta. Hän makasi aikansa, kunnes tuntui kuin ajatukset täyttivät koko huoneen. Niitä putkahteli jatkuvalla virralla. *Rakastaako kukaan minua? Rakastiko kukaan minua? Tuleeko kukaan koskaan rakastamaan minua?* Pentti tajusi, että kuume sai hänet eri tavalla sekaisin kuin huumeet. Nyt hän tunsi jotain. *Jos kuolen, niin haittaako ketään? En merkitse mitään. En ole mitään. Kenelläkään ei tule ikävä.* Pentti huomasi itkevänsä. *Vai tulisiko?*

Pentin syke oli niin korkealla, että hän joutui nousemaan istumaan. Hän työnsi tyynyn selkänsä taakse ja otti syvään henkeä, mutta huomasi olevan hyvin ahdistunut, jopa hieman peloissaan. *Onneksi minulla on veljeni.* Hän kokeili kämmenellään otsaansa, joka oli kuuma ja tämä vain lisäsi hänen ahdistustaan. *Vanhempani välittävät minusta.* Häntä heikotti, mutta huomasi kohta sykkeen laskevan. *Minulla on hyvät vanhemmat.* Hänet valtasi levollinen olotila ja hän asetteli itsensä takaisin makuulleen. *Minä rakastan teitä!* Pentti sulki silmänsä ja tunsi kuinka koko kroppa rentoutui. *Antakaa minulle anteeksi, että olen tällainen pettymys.* Pentti tunsi kuinka tyynyliina oli märkä, mutta uni oli tulossa.

Pentti heräsi aikaisin ja yllätyksekseen hänellä oli hyvä olo. Hyvin levätty, virkeä olo. Hän keitti kahvit ja hiipi Tepon huoneeseen lukemamaan tietokoneelta uutisia. Teppo kuorsasi, piereskeli ja vähän väliin mumisi jotain. Pentti päätyi uutisten lukemisen jälkeen selailemaan työpaikkailmoituksia.

Make oli matkalla kaupungin toiseen laitaan
hankkimaan huumeita, vaikkei hänellä ollut rahaa.
Hän joutuisi jälleen jäämään velkaa ties millaisille
huligaaneille, mutta hän oli valmis ottamaan sen
riskin, koska lopettaminen tuntui liian vaikealta ja
niin suurelta askeleelta, jota hän ei vielä ollut
valmis ottamaan. Häntä kuvotti. Hän inhosi sitä,
millaiseksi oli tullut. Hän todella toivoi, ettei olisi
joutunut näin hirveään tilanteeseen. *Vielä ei ole
myöhäistä. Käänny takaisin!* Hän ajatteli
lähestyessään määränpäätä. *Ei minulla ole mitään
hävittävää! Todellisuus on tuskaa. Elämä on
turhaa.* Hän oli erityisen turhautunut siitä, ettei
Janna ollut vastannut mitään hänen treffikutsuun.
Hän päätyi hankkimaan huumeet ja veti osan jo
kotimatkalla. Osan hän ajatteli myydä Pentille,
joka varmasti olisi halukas ostamaan.

Teppo, Pentti ja Make olivat Kolo-baarissa viettämässä iltaa. He päättivät pelata ajankuluksi biljardia, jonka parissa lopulta meni useampi tunti. Teppo lähti baarista ensimmäisenä. Pentti ja Make lähtivät baarista yhdessä vedettyään isohkon määrän huumeita.

Teppo valvoi tietokoneellaan lähes aamu kolmeen ja ihmetteli, ettei Pentti ollut saapunut kotiin. Puhelinsoitto meni vastaajaan. Hän päätti tavoitella Makea, joka hieman yllättäen vastasi puheluun ja kertoi, että olivat lähteneet Pentin kanssa keskiyön paikkeilla baarista ja molemmat suuntasivat koteihinsa.

- Voi perse sitä narkkaria! Teppo huusi suljettuaan puhelimen.

Teppo puki ulkovaatteet ylleen ja lähti ulos etsimään Penttiä, jota ei pitkään tarvinnut etsiä, sillä hän kökötteli etupihan grillipaikalla ja näytti silittävän jotain. Teppo käveli rauhallisesti Pentin viereen.

- Katso kuinka söpö kissa. Pentti sanoi hellyyttävällä äänellä.

- Joo, on söpö. Teppo vastasi ja otti rauhallisesti Penttiä olkapäistä kiinni ja alkoi taluttaa häntä kohti rappukäytävää.

Pentti tunsi, kuinka kissa hyppäsi hänen syliinsä ja hän tunsi ylitsepääsemätöntä iloa, lämpöä ja ehkä ripauksen sellaista tunnetta, jota voisi rakkaudeksi kutsua.

- Oi! Pentti huudahti hymyillen ja piteli käsiään ikään kuin siinä olisi kissa.

Teppo jatkoi määrätietoisesti Pentin taluttamista kohti asuntoa Pentin pidellen tyhjiä, paljaita kämmeniään ilmassa.

- Kaikki on nyt hyvin. Pentti toisteli lausetta kuvitteelliselle kissalle samalla, kun Teppo peitteli hänet sänkyynsä.

Teppo kävi vielä hetkeä myöhemmin tarkistamassa, että veljellä oli kaikki hyvin.

Aamulla veljekset kokoontuivat jälleen kahvikuppiensa kanssa sohvalle.

- Missä kissa? Teppo kysyi.

- Mikä kissa?

- Eilen sulla oli kissa.

- Mistä minä sen olisin saanut?

- Niinpä.

Pentti vaihtoi telkkarista kanavaa. Teppo maiskutteli tapansa mukaan kahvia, joka oli ehtinyt jo jäähtyä.

- Isä oli muuten taas lähettänyt rahaa. Teppo sanoi.

- Mulla on ikävä heitä. Pentti totesi pitkän hiljaisuuden jälkeen.

- Onko sulla, Teppo?

- On välillä.

28. HELMIKUUTA

Teppo oli Pentin huoneessa katselemassa, kuinka Pentti maalasi talviaiheista teosta.

- Milloin tuo on valmis? Teppo kysyi.

- En tiedä. Pentti totesi selaillessaan pensseleitä ja värituubeja.

- Miten et tiedä?

- Taideteos ei ehkä valmistu koskaan.

- Pakkohan sen on joskus valmistua.

- Onko?

- Tietysti!

- En osaa sanoa, milloin tämä on *valmis.*

Teppo oli lähdössä huoneesta, mutta pysähtyi ovensuulla.

- Lähtäänkö?

- Ihan just.